運命の騎
と
束の王子

運命《うんめい》の騎士《きし》と約束《やくそく》の王子《おうじ》

真式《ましき》マキ

ILLUSTRATION：兼守美行《かねもりみゆき》

運命の騎士と約束の王子

LYNX ROMANCE

CONTENTS

運命の騎士と約束の王子

「下巻が出ない？」

枕元で騒ぐ携帯電話を引っ摑《つか》み、寝ぼけ眼《まなこ》で発信者を確認して耳に押し当てた有樹《ゆき》は、挨拶《あいさつ》もそこそこに素《す》っ頓狂《とんきょう》な声を上げた。

『はい。急な話で申し訳ありません。沢上《さわがみ》さんの問題というわけではなく、実は弊社自体が実質なくなるようなものとでもいいますか……』

ちらと見た時計が示している時刻は九時半、回線の向こうから聞こえる編集者の口調は普段と違いひどく深刻だ。面と向かって他人と話すのと同じほどには電話も苦手なので、心の準備をするためにできればメールで事前連絡をください、なんて頼む面倒な人間に、重苦しい声で朝一番に急な電話をよこすくらいだから冗談ではないのだろう。

彼の言わんとするところが咄嗟《とっさ》には把握できず、とりあえずは可能性のひとつとして悪夢なら早く目覚めようと、自分の頰《ほお》をひっぱたいたがただ痛い。残念ながらこれは現実だ。

と、認識するのと同時にじわりと実感が湧いてきた。なるほど、自分を新人賞で拾いあげデビューさせてくれた出版社ではもう仕事ができない、ということか？

携帯電話を握りしめ、もはや寝起きの靄《もや》も吹っ飛んだ頭でひたすらに編集者の話を聞いた。彼によると、世話になっている版元がほかの大きな出版社に吸収合併されることとなり、制作途中である有樹の二作目を当初予定していた形、すなわち上下巻組みで刊行するのは不可能なのだという。それでも、せめて現在著者校正まで進んでいる上巻部分だけは出してあげたいから、修正して体裁を整えてくれ、彼の話をまとめると要はそういうことらしかった。

「……つまり、強引にでも現時点でエンドを打ってしまえという感じですか」

『はい。諸々《もろもろ》決定したばかりですが、早ければ三か月後には弊社としての刊行物はなくなります。沢上さんの二作目は、社名が変わる前でないと出せないんですけれど、下巻まで仕上げる時間はないでしょう。ですから、いま執筆されている原稿については上巻ではなく一冊で完結させる方向でお願いできればと。本当に申し訳ありません』

「……わかりました。はい、大丈夫です。多分。こちらこそ力不足で」

まさに寝耳に水だ。ふるふると首を左右に振って混乱を追い払い、努めて冷静に考え、それでも少々危なっかしく返事をした。そもそも編集者が悪いわけではないのだから、謝罪されたところで他に答えようもない。

なにせデビューしたばかりの駆け出し作家、そのうえ二十歳の若造だ。売れるかどうかもわからない長編を書かせてくれる版元がむしろ希有《けう》だろう。実績があれば執筆途中の原稿とともに吸収合併後の出版社まで連れていってもらえるのかもしれないが、名刺代わりになるのはたった一冊のデビュー作だけなので、無理であることは明言されずともわかる。

『それでは一週間後までに、お手もとにあるゲラを完結した形になるよう修正し返送してください。大変だとは思いますけれど、どうぞよろしくお願いします。なにかありましたらいつでもお知らせくださいね』

いくつかの質問と説明のあとそんなふうに締めくくられ、「わかりました」と返して電話を切った。普通であればすべて白紙にして、上下巻とも発行できませんと伝えればすむ話であるにもかかわらず、最後に一冊だけでもと編集部が尽力してくれたのではないか。そう思えば彼に対してもっと告げるべき言葉もあるはずのに、極端な口下手のうえ突然の話でなにを言えばいいのか考えつかない。

「これは路頭に迷ったかな」

座り込んでいた安っぽいパイプベッドから下りて、静かになった携帯電話を机に置き、つい独り言《ご》ちた。小説を書いているだけで食っていける可能性なんてゼロに等しいことははなから承知していたし、高校卒業後に会社勤めをして得た微々たる貯金が底をつくまではとりあえずやってみよう、と走り出してはみたが、スタートラインを一歩越えたところで早々に立ち止まるはめになったようだ。今回の本が出版されたとして駒《こま》になる自著は二冊のみ、これで戦うのはかなり厳しい。

などと考え込んでいたところでそれこそしかたがないと、洗濯したあとたたみもせず積み重ねてあるだけのタオルを掴《つか》んで、ユニットバスへ向かった。まずは目の前にあることをきっちりやろう、なにせ期限は一週間だ、気合いを入れねば終わらない。

相当の築年数がたっているせいか、住みついて二年ほどになるワンルームアパートの家賃は破格の安さだった。この賃料で水洗トイレがあり、蛇口をひねればシャワーから湯が出るのは奇跡に近い。

おまけのような洗面台でとりあえず顔を洗って、曇った鏡にぼんやりと映る自分の姿を見た。飴《あめ》色の髪や紺青《こんじょう》色の瞳、西洋風の目鼻立ちは、日本人の母を連れいまは祖国へ戻っているフランス人の父の血によるものだ。

ひとを見た目で差別することなかれ、誰でも一度はそんなことを教わるはずだ。しかし、特に子どもたちにとっては理解できるものではなく、記憶にある限りのむかしから奇異の目で見られ遠巻きにされてきたように思う。そうして親しい友達のひとりも作れずにいるうちに、すっかりひとづきあいが苦手になった。思春期の経験とはかくもその後に影響するものなのだ。

有樹は幼いころから本ばかり読んでいる、目立つルックスとは真逆の地味な子どもだった。いま振り返れば、活字を目で追っている時間だけは快い現実逃避に浸れたからなのだろう。道ばたで拾った綺麗《きれい》な石や花の種なんて幼い宝物と一緒にポケットへ詰め込んだ、短い鉛筆と小さな消しゴムで、見よう見まねで物語を書きはじめたのは十歳の時だった。

小説なんて呼べるようなものではない空想妄想の走り書きでも、暇さえあればそのことばかりを考えるほどに夢中になったし必死になった。そして現在にいたる。

十八歳で就職した会社は、有樹が入社してから一年ほどたったころに倒産した。放り出された社員は当然みな無職だ。特定受給資格者に該当するとはいえ失業手当が延々受け取れるわけではないので、また一から就職活動をするのかと半ばうんざりしながら、生きるために次の仕事を探した。

その合間に、それこそ現実から逃げるように没頭して書いた小説が、とある出版社の新人賞に引っかかり、受賞作でデビューした。筆力があったただの輝くセンスがあったただのではなく、単に運がよかったのだと思う。

さらに、デビュー作がそこそこは売れたそうで、二作目は、駄目でもともとと願い出た長編を刊行する運びとなった。新人なのでせいぜい上下巻組、二冊分が限度だとのことだが、長い話を本にできるチャンスを与えられたということはある意味天啓かもしれないと、自分にとって最も大切な物語を世に出すことにした。

それが、十歳のころにこっそりノートに書きはじめ、以降他の作品を仕上げつつも、いわばライフワーク的なものとしてじっくりゆっくりとしたためてきた、特別思い入れのある物語だ。

生まれてはじめて拙《つたな》いながらも文章にしたその話は、異世界の王子が少年から大人へと変化していく過程を綴《つづ》るファンタジーで、有樹にとっては自分と一緒に年を重ねていく人物の紆余曲折《うよきょくせつ》を描く成長譚《たん》だった。王子がなにを考えどんなふうに行動すれば立派な大人になれるのか、一生懸命考えてそのときそのときの全力で文字にした。

誰に読んでもらえなくても構わない、まずは自分のためにと思い記してきたものではあれ、いざ実際に世に出せるとなると嬉《うれ》しかった。タイトルを、主人公の暮らす架空の国名をそのまま使って『ラガリア物語』とし、書きためていた王子の成長物語の仕上げとして、ひとつの事件が起こり無事解決するという内容のプロットを作り、上巻部分は著者校正も含めほぼ完成していた。

しかしその物語は、版元の吸収合併という事情により、予定していた事件が終わるところまでは書ききれなくなったわけだ。

運がよかった、ただそれだけでここまできたものの、こうなると自分が幸運なのか不運なのかよくわからなくなる。両者のバランスが取れているといえばいいいか？　ただ、わかることがあるとするなら、人生そう甘くはないという事実のみだ。

「なんて腐っていてもしかたがない。やるか」

鏡に映る自分をしばし眺めていた有樹は、おのれに言い聞かせるようにそう声に出しユニットバスから部屋へ戻った。ひとり暮らしだとどうにも独り言が多くなる気がするが、誰が聞いているわけでもないので構うまい。

机に広げていたゲラを前に、さてこれをどうすべきかと考える。すでに下巻終わりまで作っていたプロットはいったん横に置き、打ちきりの決まった連載のごとく、というより実質打ちきりみたいなものだから、旅ははじまったばかりだ、冒険はこれからも続くのだ、といった体《てい》でなんとかエンドを打つしかないだろう。大事にしてきた物語を、最後の最後で無理やり詰め込んだり端折《はしょ》ったりするのは避けたい。

「天啓かと思ったんだけどなあ。まあ今回は天秤《てんびん》が不運に傾いたってところか」

書き込んでいた赤鉛筆の修正を盛大に消しつつ、ひとり呟《つぶや》いた。正直非常に残念だ、しかし悲嘆に暮れる暇はない。今後のことは後回しにして、ひとまずこれを綺麗にまとめよう。小説家としての生命は火を灯《とも》した途端に強風が吹いたせいで消えかけだが、なにもここで人生終わるわけでもなし、いずれ続きも世に出せる日が来ないとも限らない。

それから、寝食もおろそかにして、一週間かけて最初から順番に赤字を入れ直した。ところどころで大胆な修正が必要になり、都度編集者とメールや電話で相談しながら格闘して、ゲラが真っ赤になりはしたものの、どうにか辻褄《つじつま》を合わせられたのは我ながらよく頑張《がんば》ったと思う。

「旅ははじまったばかりだ、と……。ああ終わった。お疲れ、おれ」

最後の行を握力も尽きたふにゃふにゃとした字で書き記し、スキャンを取る余裕もなく封筒に詰め込んで、集荷を頼んでいた配達業者に手渡した。よろしくお願いしますと告げドアを閉めた途端に、無視していた疲労が背にのしかかってくるのを感じ、大きな溜息《ためいき》が洩《も》れる。

玄関から部屋へのろのろと戻り、指定ページ数通りのあとがきを書きあげて、寝る暇もないまま翌朝メールで編集者へ送った。それからカップラーメンを食べてシャワーを浴び、衣服を放り込んだきりすっかり放置していた洗濯機を回して、うつらうつらしながら部屋の中に干す。

先方としても日程に余裕がないのだろう、その日の夜遅くに編集者からすべて問題なしという旨の電話がかかってきたので驚いた。まさかこんなに早く連絡が来るとは思っていなかったものだから、間の抜けた声でつい聞き返してしまう。

「……あの、全部、終わりですか」

『はい、沢上さんの作業はこれで終わりです。本当にお疲れ様でした。今回はご面倒をおかけして申し訳ありませんでした』

とんでもないです、だとか、こちらこそすみませんでしたとか、編集者に危なっかしく応えて電話を切った。それから、すぐにパイプベッドに倒れ込んでもそもそと掛け布団をかぶり、襲いくる疲れと強い眠気に素直に身を任せて目を閉じる。

終わりです、と告げられたからにはもう自分が手を出せることはない。やれるだけはやったのだ、とりあえずは休もう。こんなにくたくたの状態で、今後の人生どうしたものか、なんて考え込んでもいい案など浮かんでこない。人間には休息が必要なのだ。


場所も時間も知れない、ぼんやりとした夢を見た。

夢、なのだろう。

あたりは少し眩《まぶ》しいくらいに明るかった。とはいえ建物の中なのか外なのかもわからない。なにせ白い球体の中に入り込んでしまったみたいに、上下左右どこを見てもただ真っ白で、まわりにはなにもなかったからだ。

その白い空間の中に、ひとりの青年が立っていた。飴色の髪に紺青色の瞳、西洋風の顔立ちをしている。

座り込んでいる有樹に真っ直《まっす》ぐな視線を向けている青年を見て、どこかで会ったことがあるようなと首を傾《かし》げ、それから、ようやく彼が自分にそっくりであることに気がついた。毎日鏡の中で会っていたのに、不可思議な状況にあるせいでわからなかった。

青年は、有樹にとってはあまりなじみがない、真っ白な出《い》で立ちをしていた。身体の線に沿った立襟、長袖のジャケットを着ており、細身のボトムにブーツを合わせている。肩にかけたマントには金糸や銀糸で華美な刺繍《ししゅう》が施されていて、左手首にはめられた太い銀のバングル以外はすべて白い生地で仕立てられていた。

中世西洋の王子様みたいだとなんとなく考え、そこで、自分が十歳のころから一生懸命書き綴ってきた異世界の王子に、こんな姿をさせていたよなと思いいたった。絵本やテレビで見た王子様を頭の中で着せ替えし、自分なりに一番格好いいと感じる衣装を物語の主人公に着せた。いま目の前にいる青年は、有樹がそうして考えた通りの服を身につけている。

――ユキ。

ほとんど呆然《ぼうぜん》と眺めていると、不意に青年に名を呼ばれた。ルックスと同じく自分に似た声には妙にリアリティがあり、そのせいで幾ばくか意識がはっきりする。

夢、なのだろうか。

――君の手によって生まれた世界は、君の手により作り直され少々不安定になっている。

青年は有樹を見つめたまま言い、一歩、二歩と歩み寄ってきた。こんなふうに他人が近づいてくれば普段なら警戒するのに、なぜか彼にはそうしたものを覚えなかった。むしろ正反対の親近感が湧いて、そんな自分に当惑する。

この感覚はなんだろう。ここがどこで彼が誰で、夢かうつつかすらもわからないというのに、自分はいつもみたいに怖《お》じ気《け》づいていない。

——そして君の手により終止符を打たれ、この先どう進めばいいのかわからなくなってしまった。

有樹の目の前で片膝をついた青年は、言い聞かせるような口調でそう告げた。有樹が「君は誰だ？」と訊《たず》ねると、ふと優しく、また真摯な色を瞳に宿してこう名乗る。

——私はユリアス・ルネストルだ。

彼のセリフについ少しばかり目を見開いてしまった。ユリアス・ルネストル、それは『ラガリア物語』の主人公である王子の名前だ。

つまりどういうことだ？　自分はいま、自らが書いた小説の登場人物と向かいあっている、なんておかしな夢を見ているということか。

——私は、君が生み出し、そして途中で閉じようとした世界から、創造主である君を呼びにきた。このままでは、現在生じている問題が解決する前に、世界が壊れ失われる。そのようなことがあってはならない、君もそうは思わないか？

青年からの問いかけに答えを返すことができなかった。呼びにきたと言われてもぴんとこない。冷静に考えようにも、こんなものは夢に決まっていると断ずる理性と、片膝をつく青年の優しい眼差《まなざ》しや静かな声に感じるリアリティにはずれがあって、頭の中がこんがらかる。

いま自分はどこにいるのだ。現実か、夢か、あるいはその境界か。

——君が創造した世界は生きている。

しかし、そんな混乱の中でも、ユリアスを名乗る青年が口に出した言葉はなぜか胸に刺さった。君が創造した世界は生きている、か。もし本当に、十年間必死になって書き綴ってきた『ラガリア物語』に本物の命を吹き込めたら、どんな感じがするのだろう。

青年は有樹の反応を待つように少しの間を置いたあと、相手が困惑から声を失っていることを察したらしく、淡々とこう続けた。

――ユキ。この世界が中途半端に終わってしまわぬよう、あとを頼む。意思を通じあわせ、ともにときをすごしてきたことにより、私には色濃く君が反映されている。私は君であり、君は私だ。だから君が私として結末まで世界を導いてくれ。君が頭に描いていた行く末を形にできるのは、当然ながら創造主たる君だけだ。

依然として自分が置かれている状況も、また彼が言わんとするところもはっきりとは理解できなかった。それでも、優しく真摯な青年の眼差しに半ば操られるようにひとつ頷《うなず》くと、彼は微かに笑ってこう言い残し、ふっと姿を消してしまった。

――旅ははじまったばかりだ。

旅ははじまったばかりだ？　それは自分が『ラガリア物語』のゲラの最終行に赤字で書いたセンテンスだ。どうして彼がその文章を知っている？　現実が夢に忍び込んでいるだけか、あるいは別の意味があるのか？

最後までなにひとつ理解できないまま、ついいましがた彼がいた空間に片手を伸ばしかけた途端、儚《はかな》いシャボン玉が音もなく弾けるように白い世界が掻《か》き消えた。

【結末までの物語】

ユリアス様、という誰かを呼ぶ男の声に、ふと目が覚めた。

一体どれだけ眠っていたのか、瞼《まぶた》を上げたものの視界や意識はまだぼんやりしている。それでも、自分がいつもとは違う場所にいることはさすがにわかった。

いまではそうそうお目にかからない梁《はり》の見える天井、知らない布団の重さ、なにより自分のまわりに充《み》ちている空気のにおいが異なる。

「おはようございます、ユリアス様。まだ寝ていますか？」

再度男の声が聞こえてきて、そこでようやく、完全に覚醒した。軋《きし》むベッドの上に飛び起き、慌てて周囲に視線を向け、掠《かす》れた声で思わず独り言ちる。

「……どこだ？　なんだこれ？」

どうやら自分は常と同じくひとりで布団をかぶり眠っていたようで、見回した狭い部屋に他人の姿はなかった。かわりに、板張りの壁に床、薄っぺらいカーテンを通して射し込む陽《ひ》の光と、腰につける小ぶりの鞄《かばん》、それから木の棚にかけられた白と青の服が目に映る。明らかに、最後に自分が意識を手放した安アパートではない、というよりまず現代日本のものですらない。

そんな、当然見たことなどないはずの部屋の中で、ここを知っている、といった不思議な感覚が忍び寄ってきたものだから、有樹は動揺のあまりつい喉を鳴らした。天井も壁も床も木の棚も、全部知っている。どころではなく、自分の頭でイメージし書いていたものに違いなかった。

中世西洋の宿屋はこんな感じかと想像して描写したままの一室で目覚め、ドアの外からはユリアス様と声をかけられている。

――私は、君が生み出し、そして途中で閉じようとした世界から、創造主である君を呼びにきた。

先ほど真っ白な空間で出会った、『ラガリア物語』の主人公ユリアスを名乗る青年は、確かそんなことを言っていた。あのときに聞いた静かな声が蘇り、ぞわぞわと鳥肌が立つ。

どうやらここは、自分が途中でエンドを打ったファンタジー小説、『ラガリア物語』の世界であるようだ。

「……おい。ちょっと待ってくれ。呼びにきたとは言われたが、まさか本当に呼ばれた？　そんなことってあるのか？」

焦って布団を蹴飛ばしベッドの端に座って、自分の身体に改めて視線を下ろすと、膝が隠れるくらいのやたらと長いシャツを着ているのが目に入った。素肌の上に一枚のみだ。アパートで寝たときの格好は確か半袖シャツに短パンといった適当なもので、当然こんななりはしていなかったはずだし、そもそもこうしたナイトシャツなんて持っていない。

そのうえ、袖から覗《のぞ》く左手首には幅の広い銀のバングルがはめられている。自分が書いていた小説の中で、ユリアス王子は王家の紋章が刻まれた王族の証《あかし》となるバングルを常に身につけている、という設定にしていたが、まさに頭に描いていた通りのアイテムだ。

しばらくのあいだまじまじとバングルを見つめ、それから大きくひとつ深呼吸をして、なんとか気持ちを落ち着けた。

今度こそ夢だ。夢であるに違いない。

先日の知らせが自覚している以上にショックで、かつ徹夜続きの疲れもあり、自分が書いた小説の中に入り込むなんておかしな夢を見ているのだろう。幼少時の経験から、それなりに神経も太くなったと思っていたが、自分はなかなか繊細な生き物であるようだ。

こんな奇妙な夢の中にいつまでも居座る必要はない。早く目覚めてのんびり食事でも取ろうと自分の頬をひっぱたき、そういえばこのあいだも寝起きにこんなことをしたような、と思い出すのと同時に声が出た。

「痛っ」

夢から覚めて速やかに安アパートへ戻れるはずだったのに、目に映る光景はなにひとつ変わらず、頬は普通に痛い。その声と、有樹が頬を叩《たた》いた音が聞こえたのかノックもなくドアが開いて、驚いたような目をしたひとりの男が顔を見せた。

「なにをしているんですか？」

頬を押さえている有樹を認めて今度は首を傾げそう問うた男が、誰であるのかはすぐにわかった。

なにせこの夢の中らしき舞台は自分が書いていた小説なのだ。

長身で、綺麗に波打つプラチナブロンドは肩より長く、翠色《すいしょく》の瞳は見ていると吸い込まれてしまいそうなくらいに澄んでいる。端整な顔立ちに浮かぶ表情に翳《かげ》はなく、華やかであたたかい雰囲気をまとっていた。

白いシャツに黒のボトムとブーツを身につけ、その上に、刺繍などの装飾はないシンプルなマントをはおっている。濃い緑色だ。できるだけ目立たぬようにとアーマーは装備しておらず、腰にサーベルを帯びているのみといったよくいる旅人と同じような装いなので、本来の身分は誰にもわかるまい。

彼は、とある目的のため小国ラガリアの第三王子ユリアスとともに、隣接する大国モンペリエを旅する騎士のひとり、アルヴィア・ヴァレだ。現在の年齢は三十、地位はラガリア国の騎士団第一小隊長、と設定した。

十年前、ラガリアを舞台としたファンタジー小説を書きはじめた当初から、王子に近しい騎士としてしばしば登場させていた、お気に入りのキャラクターだ。強くて優しく頼りになって、ひときわ格好いい憧れの男になるよう、やりすぎなくらいの形容をした。

いま目に映っている男、アルヴィアは、髪型や顔立ち、ただの旅人に扮《ふん》した飾り気のない服装も、有樹が書いた通りの姿をしている。特に大きな食い違いはない。ただし、頭の中で想像していたよりはるかに美しい男で、自分で考えた登場人物であるはずなのに正直驚いた。

「ユリアス様？　まだ寝ぼけていますね？」

口を開けて見蕩《みと》れていると、アルヴィアから呆《あき》れ半分といった声でそんなふうに言われてしまい、はっと我に返った。小さく頭を左右に振って、しっかりしろと自分に言い聞かせ、「頬をつねってくれないか」と返す。

普段は夢など見ないほうなのに立て続けにこんなおかしな夢の中に放り込まれるなんて、自分は相当参っているようだ。まともな食事を取らなかったことが原因のひとつかもしれないから、とりあえず起きてカップラーメン以外のものを口に入れたほうがいいだろう。

「はい？　頬をつねる？」

「自分で叩いてもわからないならひとの手を借りよう。誰かにつねられて痛くなければ、それはここが夢だという証明になる。明晰夢《めいせきむ》なら多分自分の意思で起きられる」

「つまり眠たいんですか？　あなたがなにを言っているのかまったく理解できませんが、命令であれば従いましょうか」

アルヴィアは小さく溜息を洩らしてから部屋に入ってきて、特に遠慮もなくシャツ一枚でベッドに腰かけている有樹の前に立った。それから、やはりなんのためらいも見せずに身を屈《かが》め、右手を伸ばして有樹の左頬をつねる。

なにも感じまいと予想していたのに、彼につねられた次の瞬間に思わず先刻と似た声を上げた。

「い……っ、たい！」

「さあ、そろそろ起きてください。そうのんびりしている暇はありませんよ」

すぐに手を離してくれはしたものの彼はそこそこ力を入れたらしく、左の頬がじんじんと熱くなった。夢であるならむしろ不自然な、そのあまりにも当たり前の痛みに動揺して、彼のセリフに返事をする余裕もなくなる。

なんだ、これは。夢ではないのか？　ショックと疲労と偏った食事のせいで、この手で書いていた物語に入り込むなんて夢を見ているのだと思っていたが、自分は本当に、おのが小説の中にトリップしてしまったのか。

にわかには信じがたい。その種の小説なら世にたくさん出回っているにせよ、みな完全なるファンタジーとして楽しむのであって、誰も自分の身にそんなことが起こるなんて考えていない。ストレスだらけの日常からいっとき離れ、異世界でお姫様なり王子様なりになる夢を見て、本を閉じたら現実に戻り、さてやるかと目の前の仕事や勉強に手を伸ばす。束《つか》の間の夢、それが娯楽の役割だ。

そうした娯楽を人々へ提供すべき小説家が、うっかり自分の作品の中に入ってしまうなんて、どういうことだ？

馬鹿《ばか》馬鹿しい、ありえないと理性はいうものの、頰をつねったアルヴィアの指の感触だとか、目に映る光景にひとりの男、吸い込む空気さえもがリアルで感覚が仮説を肯定する。こんなもの夢であるはずがない。

馬鹿馬鹿しかろうがありえなかろうが、これは実際の出来事だ。

そこでふっと、真っ白な空間で自分にそっくりな青年と出会ったことを、改めて思い出した。夢かうつつかも知れなかったあのひとときも、現在と同じように単なる夢ではなかったのだろう。

いま自分はどこにいるのだ。現実か、夢か、あるいはその境界か。混乱の中にもそんなふうに考えたことを覚えている。振り返ればまさにあの場所は、現実と小説世界のあいだにある境界みたいなものだったのではないか。

創造主である君を呼びにきた。君が創造した世界は生きている。あのとき青年はそう告げた。つまり、有樹が書いた物語の世界は確かに存在していて、彼はその世界から現実世界へと続く境界に足を踏み入れ作者を迎えにきた、と言いたかったのかもしれない。

ユリアス・ルネストルを名乗った青年は、毎日鏡で眺める自分と同じ髪や瞳の色、顔立ちをしていたし、声だってよく似ていた。ともに年を重ね成長していく小説の主人公に、作者である自分が反映されていたからだ。アルヴィアがここに座っている沢上有樹をユリアスだと信じて疑っていないのは、姿形が同じであるからなのだろう。

ユリアスはあのとき、他になにを言ったのだったか。この世界が中途半端に終わってしまわぬよう、あとを頼む。確かそんなセリフを口に出した。

ユリアスは小説世界のいわば象徴として、自分の前に現れた、というわけか？　この世界は彼の言った通り、自分の手により終止符を打たれ、この先どう進めばいいのかわからなくなってしまったのか。

だからこそ、彼は自分にこう告げにきたのだろう。

――君が私として結末まで世界を導いてくれ。

ユリアスは目の前で片膝をつき、私は君であり、君は私だ、とも言った。つまりこの世界においては自分こそが物語の主人公であるユリアス王子であり、同時に物語を書き続けてきた創造主でもあるということになる。

白い世界で青年が口に出した言葉の意味が、ひとつひとつ明らかになってきて、残り僅かなジグソーパズルのピースをはめていくときみたいな静かな興奮が湧いた。困惑していたこともあり、あのときはほとんど理解できなかった単語が、少しずつ形をなし景色ができあがっていく。

ユリアスは要するに、物語を最後まで筋書き通り進行すべく、小説世界を創造した責任者である自分を王子としてここへ呼び寄せたのか。なぜなら、『ラガリア物語』を当初の想定に沿うよう導けるのは作者だけだからだ。

「……君は、……アルヴィアか」

目の前で身を屈めている男に訊ねると、彼は驚いたのか幾度か目を瞬《またた》かせ、それから呆れも通り越したといった様子でくすくすと笑った。

「これはこれは。我が国の第三王子は相当寝ぼけていらっしゃる。いかにも、私はラガリア国騎士団第一小隊長アルヴィア・ヴァレです。他に質問は？」

「ああその……。ここは、どこなんだ？」

「モンペリエの端にある宿屋ですよ。ユリアス様と私、私の部下ロイーズの三人で、ラガリアとモンペリエの国境を越えたのが昨夕。夜に動くのも危険ですから、ひとまずこちらに一泊しました。思い出されましたか？」

有樹の前に片膝をつき、どこかしら楽しんでいるような笑みを浮かべてそう言ったアルヴィアに、二度、三度と頷いて返した。常ならば初対面の相手といきなり会話することなんてできないのに、いつでも感じる怖じ気みたいなものがいっさい湧かず逆にうろたえる。

この世界は、現実世界のようには自分を疎外しない。そしてこの男とは、はじめて会った気がしない。

自分が作った小説世界の中にいて、その登場人物と喋《しゃべ》っているのだから、いちいち他人を恐れないのなんて当たり前ではあるのだろう。そのせいなのか、ゆるゆると狼狽《ろうばい》が去ったあとに、今度はいままであまり味わったことのない、胸があたたかくなるような感覚に包まれていくのを自覚した。落ち着くといえばいいのか自分の居場所があるというべきか。なんだかこの世界は、快い、かもしれない。

そのあとアルヴィアといくらか話をして、自分が、ゲラにみみずの這《は》ったような字で、旅ははじまったばかりだ、と書いた箇所にいることを把握した。上巻の終盤である事件が発生し、下巻が解決編となるはずだったところを、ゲラを真っ赤にしながらなんとか一巻完結の形へ変更した、著者校正終了地点だ。

つまり時間軸としては、いまは事件が起こったばかりの段階で、ユリアスが護衛であるふたりの騎士とともに大国モンペリエへ足を踏み入れ、国境近くの宿で一泊し目覚めた朝、ということになる。

まさに、ここからユリアスたちの旅がはじまるわけだ。

そこまでのみ込んでから、有樹はつい眉をひそめた。いくらしかたがなかったとはいえ、こんなに中途半端な状態で物語を放り出してよかったのか？　あちこち書き直して無理やりエンドを打って、はじまったばかりの旅の続きはどうなるのだ。

——このままでは、現在生じている問題が解決する前に、世界が壊れ失われる。そのようなことがあってはならない、君もそうは思わないか？

白い空間でユリアスが告げたセリフを思い出し、アルヴィアと向かいあってあたたまっていた胸に、今度はちくりと痛みを感じた。『ラガリア物語』の世界が本当にここに広がっているのならもちろん、事を解決しないまま壊してしまうのはいやだ。

しばらく唸《うな》って考えてから、ならば自分がユリアス王子として、書き進められなかったプロット通りに物語を完結させようと心に決めた。ユリアスに言われたからというだけでなく、この世界を大事に思っている自らの意思だ。

小説が完結するまでに要する時間は、プロットに沿うならあと一か月ほど。そのあいだ『ラガリア物語』の世界で生きて、当初予定していた着地点まで話をきちんと進ませ、そして終わらせてやらなければなるまい。

ユリアスは、あのときこうも言っていた。

——君が頭に描いていた行く末を形にできるのは、当然ながら創造主たる君だけだ。

確かにその通りだ。十年間書き綴ってきたこの物語を綺麗な形に収めるのは、他の誰でもなく作者の役目だ。

となれば、自分はこれからラガリア国の第三王子ユリアスに相応《ふさわ》しいふるまいをしなければならないわけか。姿形は反映されているとはいえ、作中のユリアスは自分とは違い、おのが意見をはっきりと述べる、感情をあまり面に出さないクールなタイプのしっかり者だ。まるでひとが変わってしまったようだ、なんて思われないよう注意しなければならない。

ユリアス王子らしくふるまうのはそう易しくはないだろうが、とにかくやってみよう。さいわい、この世界の人間に対してはいつもの警戒心は湧かないようだし、頑張ればきっとなんとかなる。

アルヴィアは、唸ったり頷いたりしている有樹の様子を見て「まだ若干寝ぼけていますかね」と言い、今度は困ったように笑った。それから、有樹の片手を握り軽く引っぱって間近に顔を覗き込み、先ほどつねった左の頰を優しく撫《な》でて囁《ささや》いた。

「さあ、起きてください。我らの大切な王子様」

びっくりしたせいで派手に硬直した。そののち、手を引かれるがまま屈めていた身体を慌てて起こし、彼のてのひらから逃げた。きっと目がまん丸になっているだろう。

頰を撫でられた？　優しくはあれど、こんなに甘ったるい言動を取る男に書いたつもりはなかったが、どういうことだ。王子と小隊長のあいだにこういったスキンシップがあるなんて描写をした覚えはない。

少なくともここしばらくは、誰かにこうして触れられることなどなかった。一度、珍しい外見に興味が湧いたのかいたずらに迫ってくる女性を躱《かわ》しきれなかった経験ならあるものの、まだ会社勤めをしていたころの話だし、最近はほとんど引きこもっていたため他人に物理的な意味で接触する機会はなかった。

そのせいなのか、勝手に顔は熱くなるし鼓動も速まるくらいに、動揺した。

「どうしました？」

一方、びっくりしている有樹を見てアルヴィアも同様に驚いたようで、意味がわからないといった顔をしてそう声をかけてきた。彼の表情を見る限り、いましがたの行為はふたりにとって特に珍しいものではないらしいが、ああそうなのかと流すこともできない。なにせ、自分の書いていた小説にこんなシーンはないのだ。

「いや、君はその、……こういうことをするんだったか」

動揺を収められぬまま訊ねた声が、少しひっくり返ってしまった。アルヴィアはそんな有樹の様子を見て僅かばかり首を傾げ、いかにも当然というように答えた。

「ええ、そうですよ？　いつでも私はあなたを誰より大事にしていますよ、いまさらどうしたんです？」

「ああいや、その、なんでもない。多分ちょっと、なんだ、寝ぼけてるんだ」

王子に相応しいふるまいをしなくてはと思った途端に、いきなりユリアスらしくない行動を取ってしまったか。焦って危なっかしい言い訳をしたら、アルヴィアは少しのあいだ有樹をじっと見つめてから、まるでいじらしい子猫でも愛《め》でるかのごとく目を細めて言った。

「なるほど。あなたがあんまり可愛《かわい》らしい顔をするものだから少々驚いてしまいました。国を出たせいなのか今朝のあなたはずいぶんと寝起きが悪いですね。よく眠れませんでしたか？」

可愛らしい顔、というひと言に恥ずかしさが湧いて一瞬固まり、それから慌てて先と同じく二、三度頷いておいた。こんなのは自分がユリアスらしくないのと同時に、アルヴィアも小説の作者の想定から外れた行動や発言をしている、つまり少しばかりアルヴィアらしくない点があるといっていいのではないか。

彼は間違いなく自分の書いていた小隊長だ。ルックスは描写に忠実だし、優しくて頼れる人柄もそのままなのだと思う。しかし、ユリアスに対する態度が若干違うようだ。

おそらくは、上巻になるはずだったゲラに盛大に赤を入れ直してしまったために、この世界が揺らいでいるからなのだろう。君の手によって生まれた世界は、君の手により作り直され少々不安定になっている。真っ白な空間でユリアスはそんなことを言っていた。

確かにいまの『ラガリア物語』の世界は、自分の思い描いていたものから幾ばくかずれている。

そう頭ではなんとなく把握できても、一度速まった鼓動はなかなか落ち着いてくれない。大切な王子様なんて囁かれ頬を撫でられて、そのうえ可愛らしいとまで告げられた。ここですました顔をしていられるほど、自分はひととの接触に慣れていない。

しかし、本物のユリアスならば平然と、さらりとアルヴィアの言動を受け入れるのだろう。いまさらどうした、なんて問われるくらい、つい先ほどの自分の反応はユリアスに似合わないらしい。

「……アルヴィア。君の言った通り、おれは、いや、私は、ラガリアを出たせいか少し緊張しているようだ。いつもと違っても、あまり気にしないでくれ」

どうにかごまかさねばとなんとかそう口に出すと、アルヴィアは僅かに困ったような笑みを浮かべて有樹に訊ねた。

「だから私をアルヴィアと呼ぶのですか？　普段通りアルと呼んでくれたほうが私は嬉しいですよ」

「ああ……それは、その」

アルヴィアからの問いにすぐには答えられず、曖昧《あいまい》な声を洩らしながら頭の中で懸命に言葉を探した。確かに作中では、ユリアスに彼のことをアルと愛称で呼ばせていた。それだけふたりは近しい関係だったのだ。とはいえいきなりそうも親しげに接するのは難度が高いし、どうにも小っ恥ずかしい気がしてためらいが勝る。

「……ここは他国の地だから、いつもより気を引きしめ、君にあまり甘えないようにしたいと考えている。普段みたいに呼ぶと気が緩みそうだ。他に意味はないので、それも気にしないでほしい」

「そうですか。少しさみしいですが、あなたの思うように」

悩んだ末にこれもまた苦しい言い訳をした有樹へ、アルヴィアは今度は優しく目を細めて告げた。そののち、片膝をついた姿勢からすっと立ちあがり、口調をてきぱきとしたものに変えて続ける。

「さて。では着替えて一階に下りてきてください。さっそくモンペリエ城へ向かいましょう、我が国の宝のためにも、一日でも早く城についたほうがいいですから」

「……わかった」

それ以外には言うことも思いつかず短く応えると、彼は最後に有樹へにっこりと笑いかけてから部屋を出ていった。ひとりきりになった空間で大きく深呼吸し、いまだどきどきと高鳴る胸を持てあましつつ有樹もベッドから腰を上げる。

出だしでいくらか失敗はしたものの、どうにか切り抜けられたようだし、今後は冷静でしっかりとした王子らしくふるまえるよう気をつけよう。ユリアスの人物像からあまりにかけ離れた言動を取れば、それこそこの先の流れがプロットからどんどんずれていってしまうかもしれない。

自分はいま、この世界を構想通りに導き、きちんとした形で完結させるべくここにいるのだ。おのれのミスで『ラガリア物語』が想定から外れて暴走し、綺麗に終止符を打てなくなるような事態だけは避けなければならない。


見よう見まねで小説を書きはじめたとき、有樹は小学生だった。その後進学した中学、高校では、生徒全員がなんらかの部活動に参加しなければならないという規則があったので、前者は乗馬部、後者はフェンシング部を選んだ。

自分の小説の主人公であるユリアスは馬に乗るし、王族のたしなみとしてサーベルも扱える。通う学校にせっかく珍しい乗馬部やフェンシング部があるのだから、どんなものなのかを経験し、王子の描写にちょっとしたリアリティが出せればいいと考えたのだ。

乗馬部は単純に楽しかった。言葉を喋らない馬の命を身体で感じるのは新鮮な体験で、人間を相手にするより余程実りあるように思われた。フェンシングに関しては、三年間生真面目に練習したのでそこそこ強くはなったし、礼儀も学んだ。

とはいえひとづきあいが苦手なのは変わらなかった。周囲から浮くルックスのせいもあるだろうし、小学校時代までに他人を遠ざける雰囲気が身についてしまったからでもあるのか、部活帰りにどこかへ遊びにいこうなんて誘われることもなく、であれば自分から誘う勇気も欲もない。

部活動のあとは書店や文房具店に寄る日もあったが、なるべく早く家に帰り、本を読んだり小説を書いたりしていた。いつか作家になれたらいいなという夢があったので、まずは目についた新人賞募集の規定に沿うような作品をあれこれ制作しつつも、その合間にユリアス王子の物語もちまちま綴り続けた。

十歳で書きはじめたものだからあまりに拙いし、それを他人に見せられる形に調整する技術は当時はなかった。だから本当に、ただ書きたいというおのが衝動に従いしたためた、自分のための大事な物語だったのだ。

小説の内容は、子どもの王子が自分と一緒に年を重ね大人へと変わっていく過程を描いた、王子視点の成長譚だ。王子の年齢やすぎる年月は、作者である自分、現実世界の時間経過と等しい。つまり十歳の少年だったユリアスは有樹と同じく現時点で二十歳になっており、その十年のあいだにさまざまな出来事を経験して、しっかりとした大人への一歩を踏み出した、といったところまで話が進んでいた。

誰かに読んでもらえるとかもらえないとか、世に出せる出せないだとかは関係なく、ユリアスの物語はまず自分にとって大事なものだ。この話をなにより大切にしてきた理由は、はじめて書いた小説だからというだけではない。

書きはじめた当初は十歳、有樹もまだまだ子どもだったので、どうすればユリアスが王族のひとりとして国を治めるに足る立派な王子になれるのかわからず困っていた。何冊本を読んでもぴんとこなかったし、ひとづきあいも苦手なので質問できる相手もいない。そんな際に、波打つプラチナブロンドを肩に散らした、翠色の瞳を持つひとりの青年に出会った。

場所は、当時はまだ日本にいた両親と旅行で訪れた観光地で、宿の周囲に広がる豊かな自然が、頭に描いていた小説の舞台となるラガリアによく似ているように感じられた。こうしたところなら妙案が浮かぶかもしれないと、ひとけのない、ちょっとした森の中へ足を踏み入れたのだ。確か近くに、外に丸太が積まれたログハウスがあったように記憶している。

青年は二十歳くらいに見えた。どこの誰かは知らないが、自分が書いている小説に出てくるお気に入りの登場人物、いずれラガリア国騎士団第一小隊長になるアルヴィアにぴったりイメージが重なるように思われた。

むかしのことなので姿形をはっきり覚えているわけではない。それでも、とにかく格好よくて美しい大人の男だと感じたことは記憶している。

——こんなところでなにをしているんです？

青年から優しく訊ねられたので、切り株に座ってひとり木の葉や木の実で遊びつつ悩んでいた内容を素直に喋った。

——考え事。立派な王子ってどんなひとなのかな？　おれにはまだよくわからないんだ。

そう口に出してから、他人と親しく接するのが不得手な自分が、こんなふうに緊張もせず落ち着いて話ができることを不思議に思った。知らない場所ではじめて出会った青年が夢みたいに綺麗だったから、不意に湧いたまるで異世界に紛れ込んだみたいな感覚が、ひとに対するときの怖じ気に勝ったのかもしれない。

——なるほど。

——どうすれば頼もしい大人になれるのか、教えてくれる？

王子とは誰のことだ、などとは問われなかったため、自分は小説を書いていて云々《うんぬん》といった説明は省き、背の高い青年を見あげて訊いた。彼は少しのあいだ黙ってから、服が汚れるのも構わず有樹の前に片膝をつき穏やかな口調でこう告げた。

——いつでも真っ直ぐに、素直に物事を見るよう心がけましょう。それから、清らかさとひとへの優しさを大事にしてください。

彼のその返答は、すとんと胸に落ちた。小学生には少しばかり難しい表現ではあったものの意味はわかったし、だからこそひどく感銘を受けた。ああ、このひとは自分を奇異の目で見たり子ども扱いして適当に受け流したりせず、ちゃんと向きあい答えを示してくれるのだ、という認識がもたらす嬉しさもあったのだろう。

この感情を彼に伝えなくては、なにかお礼をしなくてはとごそごそポケットを漁《あさ》り、いつか道ばたで拾った綺麗な小石を取り出した。自分の瞳と同じ紺青色をしたその石は、小学生だった有樹にとっての宝物だった。同じ色だから仲間外れにせずそばにいてくれる、なんて、ずいぶんと幼い理屈だと自分でも思いはしたが、紺青色の小石は有樹に小さな安心感をもたらしてくれるものだったのだ。

——教えてくれてありがとう。これ、おれの宝物だから、お礼にあげるよ。

有樹が石を差し出すと青年はまず驚いたように目を見張り、それからにっこりと笑った。恭しく両手で石を受け取り、胸に押し当ててこう告げる。

——あなたにとっての宝物ならば、大切に守りましょう。私にとってもこの石はなにより尊い宝物ですよ。

彼が発した今度のセリフは、意味がわかるようなわからないような、なんとも微妙なものだった。しかし、青年が有樹の大事なものを同様に大切にすると言っていることだけは理解できたので、ひとつ頷いて返した。

　他にもあれこれと話をしたように思うが、子どものころの出来事なのであまり覚えていない。それでも、真っ直ぐに素直に、清らかさと優しさを大事に、と言った青年の声ははっきりと頭に残った。だから有樹は、彼が教えてくれたそれらの要素の意味を常に自分なりに考えながら、ユリアス王子の成長を書き続けた。

　青年の言葉がなければあるいは物語は違った方向へ進んでいたかもしれない。あのとき森の中で彼に出会ったのは幸運だったのだ。

　そしてときは流れ、有樹は二十歳で小説家としてデビューし、次作が上下巻組の本の形になる運びとなった。予定では、上巻の中盤までは十年かけて書きためてきた話の筋はそのままに体裁を整えたユリアスの成長譚とし、終盤でひとつの事件が発生する。下巻で一件落着し最終的にはユリアスがみなに認められる立派な王族の一員となる、という長編小説になるはずだったのだ。

　しかしその予定は完遂できず、途中で無理やりエンドを打つことになった。それが原因というべきかきっかけというべきなのか、有樹はいまその小説の中にユリアスとして入り込んでいる、ということらしい。

「国境沿いのこの街からモンペリエ城までは、通常ですと徒歩で二十日ほどかかります」

　簡単な朝食を取ったのちに宿屋を出たところで、アルヴィアがそう言った。彼の部下であるロイーズが有樹を挟むように反対側を歩いているのは、王子を両サイドから守るためだ。

　モンペリエはどこまでも栄えた街が続く豊かな大国で、城までどのルートを取ってもひとが多い。そんな中を馬で駆け、あるいは地位の高いものしか使えない馬車で進むと目立つため、貴重品は王子が身につけて、その他の荷はふたりの護衛が持ち三人で歩いて城へ向かうという設定にしていた。道中で他国の王族だと知られるのはなにかとリスキーだからと、国境以外では身分を隠しているのに、馬だの馬車だので走り続けひとの目を引いては意味がない。

　宿屋の棚にかけてあった服を素直に身につけた有樹の姿は、旅人を装うアルヴィアと同じような形の白いシャツに黒のボトム、ブーツ、深い青色のシンプルなマントといったところで、手首にはめた王族の証となる銀のバングルは服に隠れている。ロイーズもアルヴィア同様の格好をしており、サーベルを腰に帯びていた。

「ララファスが無事でいられるリミットまであと一か月弱。何事も起こらなければ間にあうはずだ。いや、必ず間にあわせて彼を助ける」

　作中で描いていた冷静でしっかりしたユリアスらしく、と頭の中で唱えながら口に出すと、アルヴィアが「そのために我々はこの国へ来たのですからね」と言った。先ほど彼が口にした、我が国の宝、すなわちララファスの奪還と保護がこの旅の目的だ。

　はじめて見るモンペリエの街並みは、美しかった。道は石畳で覆われており、両脇に立ち並ぶ家々や店は木骨組《もっこつぐみ》で、木材の骨組みを埋める石材や煉瓦《レンガ》の壁にはオレンジや黄色、水色など優しくも明るい彩色が施されている。また、そうした可愛らしい建物の窓辺にはたくさんの花々が飾られていて、心華やぐ景観を作り出していた。

こんなに快い街路を目にしたことはないと、感動のようなものを覚えた。

街を歩くひとたちの装いは、色合いも鮮やかな丈の長いシャツとボトム、あるいはワンピースといったものが多く、これもまた見るものの心まで明るく染めてくれる。色とりどりの衣服を身につけた人々の合間を時折馬がゆっくりと通る光景は、穏やかながらも活気にあふれており、この国の豊かさを有樹に教えた。

どんな造りの建物が並んでいて、どういった人々が道を行き交っているのか、街の様子を想像し小説の中で描写はしていたが、自らの足で歩いてみないとその場の空気や音、においはわからない。そうしたものをはじめて実際の感覚として知り、自分は『ラガリア物語』の中にいるのだと改めて実感した。

「綺麗で、豊かな街だ」

つい思ったままを口に出すと、隣を歩くアルヴィアが「そうですね」と応えた。

「我が国もそれなりに豊かではありますが、さすがにモンペリエには敵《かな》いません。経済力にも武力にも秀で、国の広さもラガリアの十倍以上。国力に余裕がなければこの街並みは保てませんよ」

「こんな国を相手に表立って騒ぎを起こすのは確かに愚策だな。目下良好な関係も壊れてしまう」

「ユリアス様のおっしゃる通り、正面から苦情を述べれば両国間に軋轢《あつれき》を生みかねません。こうして内々に訪問するのが今回の件における最善手ですね。そのために選ばれたのがあなたです。モンペリエの王は人格者ですから、こちらが誠意をもって接すれば同様の態度で応えてくれるでしょう。もし万が一のことがあれば、私たちが命をかけてあなたを守ります」

「ありがとう」

短く返事をしてから、アルヴィアのセリフを頭の中で整理した。なるほど、自分が考え文字にした設定はそのまま生きているらしい。ならば特に難しくは考えず、この物語がきちんと着地するようプロット通りに事を運べばいいだけだ。ざっくりとした筋書きでも、これからなにが起こりユリアス王子がどう行動するのかはすでに決めてあるのだから、それに沿えば問題ない。

左右の騎士たちとあれこれ話をしつつ、しばらく街を歩いた。モンペリエをはじめて訪れる第三王子のために、大国のありようを丁寧に説明するアルヴィアと、ところどころに見かける飯屋から漂ってくる香りに「おいしそうですねえ！」と暢気《のんき》な声を上げるロイーズの態度は見事なまでに対照的で、それがなんだか面白《おもしろ》い。

城までの道筋は把握しているらしく、これといって迷いもせず歩いていたアルヴィアが不意に足を止めたのは、正午も間近となったときのことだった。それまで真っ直ぐ前を向いていた彼が道の右手に目をやり、ロイーズに「君は目立たない場所でユリアス様と待っていてくれ」と指示して、ひとり足早にその場を離れる。

彼が向かった先に視線をやると、飯屋らしき小さな店の前に三人の男女が集まりなにやら騒いでいるのが目に映った。みな店のものなのか似通った服を身につけている。

「これは大変だ。ドアが外れちゃったみたいですよ」

有樹を促して人々のあいだを抜け、道の左手に寄ったロイーズは、飯屋の様子を見てそう言った。アルヴィアが店のひとたちとなにを話しているのかは聞こえなかったが、すぐに外れたドアに両手をかけたので、おそらくは手伝いますと申し出たのだと思う。

「私たちも手助けしたほうがいいんじゃないか？」

慌てて店へ向かおうとしたら、ロイーズに「目立たないよう待っていろとのことでしたから、ここにいましょう」と引き止められた。言葉通りの意味であり、また、小さな飯屋の前に旅のものが三人もごちゃごちゃと集まれば邪魔になるという判断もあるのだろう。であれば下手に駆け寄るわけにもいかない。

怪我《けが》をしないかとはらはらしながら、ドアを支えるアルヴィアと、その指示に従い蝶番《ちょうつがい》を修理しているらしき男、工具箱をひっくり返して彼に道具を手渡しているふたりの女性の姿を見守った。一方ロイーズは、余程アルヴィアを信頼しているのか特に心配もしていない様子で、感心したように「さすが」と口に出した。

「アルヴィア様はいつでも優しいですねえ。腕が立つだけじゃなく、面倒見もよくて、誰かが困っていると放っておけないんですよ。第一小隊みんなの憧れの隊長です」

「……そうか」

「もちろん僕にとっても憧れの騎士です。アルヴィア様の部下でいられるのは嬉しいですね」

明るくはっきりとした声で言いきったロイーズのセリフに、じわりと嬉しさが湧いた。強くて格好よくて優しい騎士であれと思いながら描いてきたアルヴィアは、どうやらみなに愛される男のようだ。彼の周囲にいるひとたちの感情にまでは特に触れていなかったが、大切な登場人物が人々に好かれていると知れば、なんとなく鼻が高いし満足もする。

十数分ののちドアは無事に直ったようで、三人の男女がアルヴィアにぺこぺこと頭を下げているのが見えた。アルヴィアは、気にするな、というように片手を振り店に背を向けかけ、そこでなにか声をかけられたらしく立ち止まり彼らに視線を戻した。

三人に囲まれいくらか話をしたあと、アルヴィアはひとつ頷き、道を行き交う人々の合間を縫い有樹たちのもとへ戻ってきてこう言った。

「無事にドアが直ったので昼食をご馳走《ちそう》してくれるそうですよ。ユリアス様、どうします？　ちょうどいい時間ですから甘えますか？」

なるほど、助力への礼をしたいということか。しかし実際彼らを手伝ったのはアルヴィアひとりだし、自分たちまで図々しくサービスを受けるのも気が引ける。

と、いうようなことを告げると、アルヴィアは笑顔で「ぜひお連れ様も一緒にとのことです」と答えた。

「旅の仲間と一緒にいるのだと言ったら、よければみなで食べていってほしいと。せっかくの厚意を無下にするのもなんですし、ユリアス様がおいやでなければいただきませんか？」

「ああ……そういうことなら確かに誘いを断るのも悪いか」

「ええ。我々がご馳走になったほうが彼らはよろこびますよ」

いくらか迷いながら答えたらそれを了承と受け取ったようで、アルヴィアは先に立って店へと歩いた。こうなると口に出した通り誘いを断るわけにもいかなくなる。宿屋を出て以降の話は簡単なプロットを立てていただけで文章にはしていないから、こんな出来事が起こるとは予想していなかったが、とりあえずユリアスらしくふるまえばいいだろうか。

三人で直ったばかりのドアから店に入ると、嬉しそうな笑みを浮かべた女性に広いテーブルへ着くよう促された。蝶番を修理していた男は見たところ五十歳くらいで店の主人兼シェフらしく、奥の厨《ちゅう》房《ぼう》から顔を出して「今日のパンはうまく焼けたから食べてくれ」と言い、もうひとりの女性とともに料理と取りわけ用の木皿を運んできてくれた。

テーブルに並んだのはハムやソーセージの盛りあわせと野菜を煮込んだスープ、それから主人のご自慢らしいパンだった。現実世界では決して豪華とはいえないメニューでも、有樹がずっと書き綴ってきたこの世界にある街では、設定した時代的に贅沢《ぜいたく》な食事だといえる。

「招いてくれてありがとう」

「そこの兄さんに世話になったから、せめてもの礼だよ。あのままドアが壊れてたらうまく焼けたパンを出す店も開けない」

依然として幾ばくか困惑しつつ有樹が声をかけると、ドアの外に貸しきりの札をかけた男が豪快に笑って言った。

「なんだ？　よく見るとみんな仕立てのいい服を着てるな。こんな料理じゃあ物足りないか」

「いや、とんでもない。とてもおいしそうだ」

慌てて答え椅子《いす》に腰かけてから、これはユリアスらしい言動なのだろうかと少しばかり不安になった。つい隣に視線をやると、アルヴィアが楽しげに目を細めていたので、自分のふるまいはそれほどおかしくはないようだとその表情にいくらか安堵《あんど》する。

出された料理を食べる合間にあれこれと話題を振られたため、主に主人と、たまにふたりの女性と会話をした。彼らは、主人兼シェフである家長とその配偶者、ひとり娘の家族三人でこの店を営んでいるのだという。

「それで、あんたたちは何者なんだ？　雰囲気も、身なりも、そこいらにいる商人だとかとはちょっと違うな。一体なんの旅をしてるんだ？　助けてもらったかわりに、おれたちが助けられることはないか？」

急に問われて一瞬びっくりし、それから、相手が自らの身元を明かしたうえに好意で訊《き》いているのに、すげなく秘密だ、構うな、と答えるのも悪いかと、少々悩んでから返事をした。

「私たちは大切なものを取り戻す旅をしている。詳細は語れないが、我々のみで目的を果たさねばならない旅だ。心づかいに感謝する」

曖昧ではあるものの嘘《うそ》ではない、この場で告げられる精一杯の事実だ。店主は有樹の心中をなにかしら察したのか、少しの間を置きひとつ頷いて「そうか」と言い、客人が自由に話せるようにと気をつかったらしく他のふたりを連れ店の奥へ足を向けた。

「大切なものをちゃんと取り戻せるといいな。この先も元気に歩けるようにたくさん食べていくといい。足りなけりゃもっと出すから声をかけてくれ」

最後にそう告げられて「ありがとう」と返すと、主人はひょいと片手を上げ、妻、娘と一緒に姿を消した。店の中がラガリア国の三人だけになりほっと肩から力が抜け、それを自覚してからようやく自分が緊張していたことを知る。

プロットにない細かな出来事、考えていなかった登場人物、そんなものを前にすれば小説世界の創造主だといったところでただのひとだ。ここが間違いなくこの手で作りあげた『ラガリア物語』の舞台であれ、中へ入り込んでしまえば自分の力でなにかや誰かを簡単に、自由に動かすことはできないのだという事実を、ちょっとしたひと幕で教えられたような気がした。

「これほど身近に王や使者以外のモンペリエの民と接するのははじめてですが、おおらかで気さくなひとたちですね」

「アルヴィア様の言う通り、確かにみんなおおらかですねえ。あっ、このハムおいしいですよ、食べました？」

それまで黙っていたアルヴィアとロイーズは、店の三人が奥へ引きあげてからようやく口を開きそう言った。有樹に会話を任せていたのは、この旅において王子が人々にどこまでを明かし、なにを秘す心づもりであるのか再確認するために、まずは様子を見ていた、といったところだろう。

とりあえず頷いてアルヴィアに同意を示し、ロイーズが指さしたハムを食べてもう一度頷き、これにも無言でうまいと同意する。それを認めたアルヴィアが「いまさら説明する必要もないでしょうが」と前置きをして続けた。

「モンペリエの王は、不徳を許さぬ姿勢を持つと同時に、誠実なものに対しては優しい人物です。犯罪行為を厳しく取り締まる一方、善良な民に対する保障は手厚い。だからこそ人々もおおらかに暮らせるのでしょう。積極的に城周辺の街へ姿を見せ、国民と近しくあろうと努めているとも聞きます。そうすることで人々に安心感を与え、また自重を促しているのだと思います」

店の三人との会話に緊張していたせいもあったのか、先ほどまであまり口に運べていなかった料理を食べながら、アルヴィアの発言に「そうだな」と短く相槌《あいづち》を打った。モンペリエの王に関して、また街の人々について彼の言った通りの設定をしたのは自分だが、文字列が実際の体験になると頭の中だけでなく肌で感じるものがある。

いまの自分は椅子に座ってキーボードを叩いているわけではない、この世界で生きているのだ。そしてまた、ここに住まう人々も生きているのだと、先にも思ったことをまた実感した。

せっかく用意してくれたものを残すわけにもいかないので、それからは三人黙ってひとしきり食事を取った。そのあと、胃に入りきらない分はロイーズに任せ、改めてアルヴィアのセリフに対し自らの言葉で考えを述べる。

「この国の王は確かに厳しくも優しい人格者だ。そうした長のもと、豊かな街で生活を営んでいれば、みなに自然と他人を思いやれるだけの余裕が身につくんだろう」

「民の姿は国のありようを映すものです。国力という意味でも、人々の心根も、モンペリエは違《たが》うことなく豊かな国ですね」

気持ちがいいほど豪快に皿を空にしていくロイーズに、呆れ半分感心半分といった眼差しを向けてアルヴィアは言い、少しの間を置いてからこうつけ足した。

「なのになぜ、今回のような問題が生じたのか」

うまい返事が思いつかず、ひと言「そうだな」とくり返すにとどめ、彼と一緒にいかにもうまそうに料理を食べるロイーズを眺めた。ユリアス王子の成長譚の締めとしてひとつの事件が、つまりはアルヴィアの言う今回のような問題が起こりそれを解決する、というプロットを立てたのは自分なのだから、当然その大まかな筋は知っている。だとしても、自分はあくまでもユリアスとしていまここにいるのだから、知っていることを明かすわけにもいかない。

しかしこの世界を訪れ、作者として、決意を新たにしたことがある。

どんな理由があろうと小説を中途半端に終わらせてはならないのだ、物語の中には生きている人間がいるのだ。だからやむをえずエンドを打ってしまった自分がこの手で、店の主人に告げたように大切なものを取り戻す旅を終わらせ、『ラガリア物語』を完結させなければならない。

大切なもの、つまりララファスは、ユリアスの暮らすラガリア国の財産だ。

ララファスとは、はるかむかしからラガリアの宝として城の人々が大切に保護してきた、てのひらに乗るほど小さな不老の生き物で、彼に触れたもののあらゆる怪我や病をたちどころに治癒させるという不思議な力を有する。だが、ラガリアの谷でしか採れない鉱物、ラゼナイトを摂取していないとその力は発揮できないし、それどころか一か月ほどで衰弱し死んでしまう。

以前は数体存在していたララファスが現在は一体しかいないのは、ラゼナイトがないと生きていられないという事実が知られていなかった時代に、ラガリアのものが他国への旅に連れていき死なせてしまったという過去があるからだ。幾度かくり返されたその経験から生態が明らかになったときには、ララファスは最後の一体が残るのみとなっていた。

そんな事情もありララファスはさらなる貴重な、門外不出のラガリアの宝物となった。なにせあらゆる負傷や疾病を治せる生き物だ。争いのもとになるおそれがあるため、その存在を認識するのは王族と城に勤める一部の配下、およびひと握りの有識者のみで、決して他国には知られぬよう情報も管理されている。

にもかかわらず、所用でラガリアに滞在していたモンペリエの使者、エリオットたちにララファスを盗まれてしまった。朝、他のものが気づいたときには、ララファスを保護している部屋の見張りが倒れており、使者たちとララファスが消えていたというわけだ。

助け起こした見張りの兵によると、夜更けに突然モンペリエの使者たちが現れ、ララファスを奪い去っていったのだという。深夜は基本的には城門を閉じているからひとりしか見張りを置いていないので、その隙を突かれたようだ。複数人に囲まれ腕力に訴えられたら、いくら兵士とはいえ敵わない。

他国には秘めているララファスの存在や価値を把握していたからこそ、エリオットたちはあとのなりゆきなど構わずに彼を盗んだのだ。なぜエリオットがララファスを知っていたのかはわかっている。

数年前にエリオットがラガリアを訪れた際、馬車の故障により大怪我を負ったため、他の方法ではどうにもならずララファスの力で傷を治し、内密のこと、と約束させ帰らせたことがある。ラガリアの王は元来が情に厚い人物なので、怪我に苦しんでいる彼を放ってはおけず、ララファスにその手を触れさせた。

エリオットはその後ラガリアへの感謝を忘れず、数年間ずっと口外法度の約束を守ってきた。真面目で義理堅い男なのだ。そんなエリオットの力添えもありモンペリエとは良好な関係を築いていたのに、いまになってなぜ彼は裏切るような真似《まね》をしたのかと、ラガリア王は大いに不審がった。

それまでの密なやりとりからエリオットへの信頼感も確固としたものとなっていたし、なによりモンペリエは大国だ。表立って批難して、争いあう事態になれば敗北するのは目に見えている。そこでラガリア王は、ララファスが奪われた二日後、思案の末に三人兄弟の末っ子にあたるユリアス王子を使者としてモンペリエへ送り出すことにした。

この世界を訪れたばかりの有樹は自分が書いた文字列でしか知らないが、ラガリア城の玉座の間で交わされた王とユリアスのこんな会話を、騎士団第一小隊長としてその場に呼ばれていたアルヴィアも覚えているだろう。

「正面からぶつかり騒ぎ立てれば、我が国とモンペリエの友好関係にひびが入る。かの国は敵にまわすべきでない。そもそもエリオット殿は、理由なくこうした所業に及ぶ人物ではないのだ。こちらから出向ききちんと話しあい、互いに状況を理解すれば、問題解決の糸口も見えよう」

「国ではなく個人として対応し、あくまでも内々にラファスを取り戻したいという王のお考えは把握しました。指示とあれば任を果たすべく努めます。しかし、モンペリエへ出向く使者は私でよいのですか？　私は今回エリオット殿に会っていませんし、そもそもかの国へ足を踏み入れたことがありません」

「だからこそだ。対話に足る地位にあるものを内密につかわすとするならば、モンペリエにおいては王や使者たちにしか姿を知られておらず、かつ王族の一員であるおまえがその任に適している。それに、しばらくエリオット殿と顔を合わせていないもののほうが冷静に話ができるだろう」

王の言い分はもっともなものであったため、ユリアスはその場で命《めい》を受け入れた。大体、親子とはいえ第三王子が王の指示をそう簡単に拒否できるものでもない。

王がすぐさま配下にモンペリエの使者を追わせなかったのは、状況が把握されたときにはそれなりの時間がたっていたので、彼らをつかまえるのは難しいからだ。なにより、運よく追いつけたところで街中で騒ぎを大きくすればララファスの身に危険が及ぶかもしれないし、また内密にすべき宝の存在が大勢に知られてしまう可能性もある。こうなると彼らの向かう先だろう城まで足を運ぶしかない、となれば王族が出向くのが最善手となる。

使者たちはラゼナイトを持ち去っていなかった。ララファスが力を発揮するために、そして生きるためにその鉱物が必要であることまでは知らなかったのだ。つまるところ、一か月以内にララファスを取り戻しラゼナイトを与えなければ、ただ一体残された彼は死んでしまい、ラガリアは永遠に国の宝を失うということになる。

そこでユリアスはラゼナイトを荷に詰めて、騎士団に属するふたりの男とともにモンペリエ城を目指しラガリア城を出た。ユリアスに同行したのは、騎士団の中でも主に王族警護を担う第一小隊の長アルヴィアと、その部下であるロイーズだった。

アルヴィアはぜひ王子を守る役を自分に任せてほしいと志願し、またもうひとりの同行者には、剣術で右に出るものはいない腕利きであるロイーズを推した。信頼も厚い小隊長の言葉ならばと王も納得し、ふたりを護衛としてユリアスとともにモンペリエへ向かわせた。

それが昨日朝の出来事だ。国境からモンペリエ城までかかる日数はおよそ二十日ほど、予定通りであればララファスが衰弱する前に城へ辿《たど》りつき、どのような形であってもとりあえずはラゼナイトを与えられる。

というのが、ユリアス王子の成長を描いた『ラガリア物語』を締める出来事として有樹が考えたプロットの概要だ。モンペリエを旅するあいだにさまざまな経験をし、ララファスも取り戻して、最終的には末っ子王子がひとの上に立つに相応しい立派な王族の一員になる、そんな結末にしたかったのだ。

だからいま自分がきちんと、ユリアス王子としてプロット通りに行動し、『ラガリア物語』を無事に着地させなければならない。

「なぜ、彼らはララファスを盗んでいったのでしょうか」

食後、料理をふるまってくれた家族に礼を言い店をあとにした三人は、今回の件について言葉を交わしつつ美しい街を城へ向かい歩いた。周囲のざわめきに溶け込み、誰かに会話の内容までじっくり聞かれることもなさそうなのは、賑《にぎ》やかな道の利点のひとつだ。

「……やむをえない事情があったんだろう」

アルヴィアからの問いかけに少し迷ってからそれだけを告げると、彼は「そうですね」と言って頷き、前を向いたまま続けた。

「我が国とモンペリエの関係は非常に友好的です。資源や生産物をやりとりする相手として重視しあっていますし、互いの国のありようにも好感を抱いています。モンペリエの使者には、そうした関係が壊れてしまうおそれがあってもララファスを持ち去らねばならない、やむをえない事情があった。しかし彼らは我が国にそれを相談できなかった、というわけですか」

「どうして相談してくれなかったんですかね？　うちの王様なら彼らから事情を説明されれば耳を傾

けるでしょうし、内容によっては頼みも聞きます。長いつきあいなんだから、あちらにも王の人柄はわかってると思いますけどねえ、不思議です」

「友好的な関係にあっても、王が情に厚い人物だと理解していても言えない、信頼を裏切ることしかできないやむをえない事情、か」

ロイーズのセリフを受けアルヴィアは独り言のように呟き、それから有樹に向けて口調を変え告げた。

「先ほどユリアス様が言った通り、ララファスが無事でいられるのはあと一か月弱です。彼らが我が国の宝を盗んだ理由はどうあれ、必ず取り戻しましょう」

「ああ。それがラガリアのためだからな」

小説の中のユリアスはクールなタイプだから、これくらいの反応でも特に問題はないだろうと、簡単にそう返した。この程度の受け答えが、自分の意見ははっきり述べるものの感情はあまり面にしない人物として書いてきたユリアスらしいのだ。

アルヴィアはそこでふと有樹へ視線を向け、ちらと笑みを見せてからすぐに目を前に戻しこう言った。

「ラガリアのためというのももちろんありますが、いまの私は単にそれだけで動いているわけではないですよ」

「……そうなのか？」

「ええ、そうです。むしろあなたのためです」

小さな笑みと言葉の意味がわからず問うたら、彼は実に軽やかな声で続けた。

「いつか言ったでしょう？　私はこの命尽きるまであなたを守ります。だからこそ、ララファスを取り戻すべくモンペリエへ足を踏み入れたあなたと目的を一にするんですよ。それに、こうして大事な王子様のそばにいられるのは嬉しいですしね」

彼のセリフについぽかんとし、それから、なんだか身体中が痒《かゆ》くなるくらいの照れくささが湧きあがってきてうろたえた。鼓動も無駄に速まり、そんな自分にますます狼狽する。

アルヴィアとはこうしたことを平然と言う男だったろうか。彼は小説の作者の想定から外れた行動や発言をしている、宿屋で頬を撫でられたときにそう感じた通り、不安定になっているらしいこの世界の小隊長には、頭の中で描いていたアルヴィアとはやはり異なる部分があるようだ。

そして、そんな彼の言動に胸を高鳴らせている自分もまた、『ラガリア物語』の主人公とは差異があるだろう。ユリアスならば誰かの発した言葉にこんなふうにいちいち動揺はしないし、照れたりうろたえたりもしない。

「な、にを、言ってるんだ。おれはその、ただララファスを、いや」

きっと伝わっているだろう狼狽をせめて発言でごまかそうと口を開きはしたが、声がひっくり返ったうえに幾度かつかえてしまった。逆効果もいいところだ。これ以上喋ったら余計にユリアスから遠のくと途中で言葉を切り、最後に小さく「……なんでもない」とつけ足したものの、さらに失敗を重ねただけのような気がする。

この男はどう感じたのか、と隣を歩いているアルヴィアをそっと見つめると、再度有樹に視線を向けた彼ににっこりと笑いかけられた。その楽しげで優しい笑みを目にした途端に、わけのわからないときめきに襲われ、鼓動が速まるのみならず頬が熱くなった。きっと真っ赤になっているのだろう。

ユリアスだけでなく現実世界の沢上有樹だってこんな反応はしない。というより、そもそも人間と接するのが苦手なのだから、誰かの言動に対しこうもときめいたことなんてない。

しかし、命尽きるまであなたを守る、なんて真摯なセリフをストレートに告げられたら、どんなやつだって心動かされるのではないか？　そばにいられるのは嬉しい、という言葉もなかなか威力があると思う。少なくとも自分は過去に聞いたことがない。

この胸の高鳴りは、それらのセンテンスを口に出したのが、お気に入りのキャラクターとして大事にしてきたアルヴィアだから感じるものか。もっというならば、お気に入りのキャラクターが作者の想定にない発言をしたからこそのものか？

「アルヴィア様。こんな往来で王子を口説かないでください。まったく、聞いてるほうが恥ずかしいですよ」

ロイーズがぶつぶつと文句を言うと、アルヴィアは進行方向へ目を戻し特に他意もないように答えた。

「別に口説いてはいないよ。私はずっとユリアス様を守るために生きてきた、その事実をただ述べているだけだ。ああいや、これは口説いているということになるのか？」

「相手の受け取りかたによっては愛の告白でしょうねえ。アルヴィア様は時々そういうところがあるから気をつけたほうがいいですよ。ユリアス様に怖がられたらどうするんです？」

「怖がられる？　私は怖いのか？」

本気で意味がわからないといった様子で首を傾げたアルヴィアに、呆れたような溜息をつきロイーズは「僕はなにも聞かなかったことにしておきます」と言った。この美しい小隊長は大胆なのか緩いのかただただ正直なのかわからないなと、彼らのやりとりを聞きどきどきしながら考える。

口説いているのかそうでないのかはさておき、ずっとユリアスを守るために生きてきたというのはアルヴィアの本心だと思う。口先だけの忠誠心、うわべでしかない敬愛を王族にアピールしたいのであれば、もっとそれらしい、湿度というか粘度の高い言い回しをするのではないか。なのに彼の口調はいたってさっぱりした、まるで当たり前のことを声にしているだけといったものだった。

この男は本当にユリアスを、そしていまはユリアスである自分を守りたい、そばにいたいと願っているのだ。その思いをはっきりと聞かされて目の前がくらくらするくらい、こうも舞いあがってしまうのはどうしてだろう。

いつか言ったでしょう、か。頭の中でアルヴィアのセリフをひとつひとつ反芻《はんすう》し、その部分に少しの引っかかりを感じた。鉛筆を握り、あるいはキーボードを叩きながら自分は彼に、この命尽きるまであなたを守ります、なんて熱っぽい言葉を与えたことがあったか？　記憶を探ってみたものの、まったく覚えがない。

幾度か考えた通り、この世界には自分の頭にあった『ラガリア物語』とは異なる、というよりずれている部分があるようだ。ならば彼は、自分の描いた小説とは少し違うこの世界で、以前にそんなことを言ったのかもしれない。

だとしたら困るのか、それとも嬉しいか？　今度はおのが心の中をじっと観察してみても、明確な答えはまだ見えてこなかった。


以降一日、二日と、有樹、すなわちユリアス一行は順調に城への距離を縮めていった。この調子ならば問題なく城に辿りつけそうだ。

しかし問題はほかにある。先日のように、アルヴィアの態度が有樹の作ったプロットや頭の中で組み立てていた想定にまま沿わないのだ。

自分が生み出したこの世界は、いったんはほぼ仕上げたのちに修正を入れてしまったことで不安定になっているようだし、そもそもずっと書いてきた小説は王子の成長譚なので小隊長の感情までは深く描いていなかった。だから、自分が物語に入り込んだことも影響して、キャラクターがひとり歩きをしているということだろうか。作家としては満足であるような、話を制御しきれず悔しいような複雑な気分だ。

想定に沿わない点を挙げるならば、たとえば接触が多い。アルヴィアは最初から平然と、ためらいなく有樹に触れてはいたが、日を追うにつれさらに遠慮がなくなっている気がする。店を出入りするときや階段を上り下りするとき、背に手を添えられるくらいならまだしも、いつだったかは着替えまで手伝われそうになって、さすがに断った。

彼に触れられるのは決していやではない。ただ、なんだか緊張するしそれを隠すのに苦労するから、そうも当たり前のように手を伸ばしてこないでくれとは思う。

街の石畳を踏む有樹のブーツが壊れたのは、そんな彼の態度に困惑しつつ毎日をすごし、国境の宿屋で目覚めてから十日ほどがたったある日の午後だった。

右足に履いたブーツの靴底が割れてしまったらしく、踵《かかと》に痛みが走りついよろめいたら、右側を歩いていたアルヴィアがすぐに腕を摑んで身体を支えてくれた。

「ユリアス様？　どうしました？」

「……すまない。その……ブーツの底が、傷んでいるようだ。少し足首をひねった」

普通の口調で靴が壊れたのだと説明すればいいのに、がっしりと腕を摑むアルヴィアの手の力強さに妙に動揺したせいで、口に出した声がおかしな抑揚になった。それを聞いたロイーズが「ちょっと待っていてください」と言い残して左に向かう横道へ駆けていき、すぐに戻ってきてそちらを指さしこう告げる。

「さっき看板が見えたんですよ、ラッキーです。そこから五軒くらい先、花屋の隣に靴屋がありますから直してもらいましょう」

「ああ……助かる、ありがとう」

「じゃあ、アルヴィア様と一緒に靴屋に行ってください、転ばないように気をつけてくださいね。足首をひねったなら今日はもうあまり歩かないほうがいいでしょうから、僕は先に近場の宿を探しておきます。部屋が確保できたら靴屋まで迎えにいきますね！」

ブーツが直ればまだ歩ける、などと有樹が口を挟む前に、ロイーズは今度は大通りの向こうへ走っていってしまった。なんとも身軽な男だとその背を見送り感心し、次に、さも当然といった様子でアルヴィアに腰を抱き寄せられて硬直した。

「……アルヴィア。そこまでしてくれなくても、大丈夫だ。離してくれ」

やっぱり最初よりもさらに遠慮がないじゃないかと内心で呟いてから、口にしても問題ないだろうセリフだけを声にした。しかしアルヴィアは聞き入れるつもりはないらしく、有樹の腰を抱いたままロイーズが示した横道へと足を踏み入れた。

「駄目です。危ないでしょう？　転ばないよう気をつけろとロイーズも言っていましたよ。さあ、私に体重を預けていいですから、店まで歩きましょう」

「……目立つだろう。ひとりでもゆっくりなら歩ける」

「抱きあげられたいのですか？　余計に目立ちますけれど」

重ねて主張したらいやに朗らかに言い返されたので、これはなにを訴えても無駄だと悟り、大人しく彼に従った。この男のことだから、下手に逃げようとすれば本当に抱きあげられてしまうかもしれない。

ロイーズが教えてくれた通り、横道へ入って少ししたところに、ほとんど用をなしていないおまけのような看板が置かれた、こぢんまりとした靴屋があった。大通りからこれを発見するとはロイーズも大したものだと再度感心しつつ、扉を開けて靴を修理してほしい旨を告げると、有樹が渡したブーツを見た店主は「これなら十分くらいで直るからそこに座っていてくれ」と言い店の奥へ姿を消した。

「ユリアス様。最近お疲れではないですか?」

指示された通り木の椅子に座り、さまざまな種類の商品が並ぶ狭い店の中を見回していたら、向かいに立っているアルヴィアから不意にそう声をかけられたので、ついはっと彼に目を向けた。ユリアス王子らしくふるまうおうとして変に神経を使うせいか、確かに少しばかり疲れてはいるものの、そんなそぶりなど誰にも見せていないつもりだった。

なのにこの男には、気づかれてしまうのか。

「いや……特には。もしそう見えるのなら、単に慣れない土地で緊張しているからだ。気にしないでくれ」

はじめてこの世界を訪れた朝にも口に出したような言い訳をすると、アルヴィアは軽く身を屈めて有樹を見つめ、優しくこう告げた。

「そうですか？　あなたはむかしから他人に弱音を吐くかたではないので、黙ってひとり無理をしているのではないかと、心配になります」

「……無理はしていない。本当に、大丈夫だから、気をつかわなくていい」

「気にするな、気をつかうなと言われましてもユリアス様は私の大事な王子ですから、それこそ無理です」

「……いや、だから」

困ったような笑みを浮かべた彼に、どう返事をしたらいいのかわからず、途中で口ごもった。この調子ではなにを言ったところで、疲れていないか、心配だ、と自分を気づかう言葉をくり返されるだけだと思う。

無言で続きを待っているアルヴィアの視線を感じながら、口をつぐんで最適解を探していると、いつのまにか時間がたっていたらしく、店の奥から主人が出てきて「直ったよ」と言い有樹にブーツを手渡した。うっかり不用意な発言をしてしまう前に沈黙が途切れ、ほっとしつつ靴底の張り替えられたブーツを履いて、店主に代金を渡し礼を述べる。

靴屋の主人はなかなかよい仕事をしたようで、右足にはなんの違和感もなかった。これならまた問題なく歩けそうだと、店から出たところで何度か足踏みをし感触を確かめていたら、それまで黙っていたアルヴィアに、今度は右の手首を摑まれ唐突にこう告げられたものだから驚いた。

「隣の花屋を覗いてみましょうか。ラガリアを出てからはのんびり花を愛でる余裕もありませんでしたから」

「でも、靴屋までロイーズが迎えにくると」

「あまり離れるわけにはいきませんが、隣の店にいるくらいなら見つけてくれるでしょう。ロイーズが来るまでやることもありませんし、彼にわかるよう私が店の入り口にいますから、どうですか？」

この男は自分に気晴らしをさせたいのだ、ということは察せられたので、拒むのもおかしいかと短く「そうだな」と返した。ロイーズが言っていた通り靴屋の隣には、小さなベンチを挟んで洒落《しゃれ》た外装の花屋があり、店先に色とりどりの花が生けられた大きな花瓶が置いてある。

半分ほど開いている扉のあいだを通り、他には客のいない店に足を踏み入れたところで、アルヴィアがそっと有樹から手を離した。それになぜか少しの物足りなさを感じつつ、店のあちこちに飾られた花々をぐるりと眺め、左の隅へ視線を向けたところで、ふと動きが止まった。

小ぶりの花瓶に、アルヴィアの瞳によく似た翠色の花が何輪か挿してあった。華やかな八重だ。開いたばかりなのか他の花よりみずみずしい。

どうしてかその花から目が離せなくなり、歩み寄って間近でまじまじと見つめていると、女性の店員に後ろから声をかけられた。

「珍しい色のお花でしょう？　今朝方咲いたんです。早めに種をまいたので、この種類では一番乗りの開花ですよ」

「……綺麗で優しく、好ましい色だ。連れの瞳によく似ている」

振り向いて思ったままを声にしたら、店員は嬉しそうに笑い、それから店の入り口に立って有樹を見つめているアルヴィアに視線を移し、こんなことを言った。

「あら本当、お連れ様の瞳と同じ色ですね。綺麗で優しい目でお客様を見守っていらっしゃいます。お客様はこういった色がお好きなんでしょうか」

彼女の言葉がすぐにはのみ込めず首を傾げて、それからようやく理解し途端に顔が火照った。自分が口に出したふた言三言は、花のみならずアルヴィアの瞳にも適用されるコメントだと受け取られたのか？　つまり自分はアルヴィアの瞳についても好ましいと告げたことになっているのか。よく似た色の花だと考えたのは事実だが、そんな解釈をされると、慌てて否定するのもその通りだといっているようで小っ恥ずかしい。

アルヴィアはなにを思っただろうとおそるおそる彼に視線を向けたら、楽しげに微笑《ほほえ》んでいる美貌が目に映った。彼は黙って有樹を見ているのみで、店員との会話に口を挟んでくる様子はない。

「気に入られたのなら花束にしましょうか？　花瓶に入れてあげればしばらく咲いていますよ」

「……いや。旅の途中なので、花は持ち歩けないんだ。すぐに枯らしてしまうのも申し訳ない」

「なら、種をお持ちになりますか？　こちらのお花は成長が早いので、この時期にまけば二、三か月くらいで咲きます。雨風にも強い丈夫な種類ですし、こぼれ種で増えますから、毎年綺麗なお花をつけてくれますよ」

店員から花の種の入った小さな布袋を差し出され、少し黙って考えたのちに、結局は代金を手渡し受け取った。礼を告げて袋を鞄にしまい、ありがとうございましたという店員の声に送られ店を出る。

ロイーズの姿はまだ見当たらなかったが、彼のことだからそう時間はかからないだろうとその場で待つことにした。あまり遠くの店まで覗いて回ればすれ違ってしまう。

「あの花のような色が好きなのですか？」

促されて靴屋と花屋のあいだにあるベンチに腰かけたら、目の前に立ったアルヴィアから女性店員と似たセリフで問いかけられたので、聞かなかったふりもできずになんとか答えた。

「……おれは、ただその、綺麗な色の花だったから。ラガリア城の庭に種をまいて、毎年咲いたらいいなと、……思っただけだ」

しどろもどろな有樹の返答を聞き、アルヴィアはいやに優しく笑った。それから靴屋でそうしたのと同様に少し身を屈めて、座っている有樹の顔を覗き込み、やわらかな声で言った。

「ユリアス様は国境を越えたころから、時々私の知らなかった一面を見せてくれるようになりました。あなたに自覚があるのかはわかりませんが」

「……え？」

「おれ、と言いますね。きっと私が相手のときだけでしょう？」

一瞬意味がわからず真顔でアルヴィアを見つめたのち、すぐに彼の言わんとするところを理解して、先ほど花屋でそうなったときより余程頬が熱くなった。火がつきそうだ。おそらくは真っ赤になっているのだろうと慌ててうつむいたが、隠せたとは思えない。

「いやおれは、……いや、だから」

どうにかごまかせないものかと口を開いて墓穴を掘り、ますますうつむいた有樹に、アルヴィアはいましがたよりさらに穏やかな口調で告げた。

「疲れていない、無理していないとおっしゃってはいましたけれど、ときには気を緩めてもいいのではないですか？　大役を任されて足を踏み入れたこともない異国を訪れ、毎日知らない道を歩きはじめて会う人々と接して、少しも疲れていないはずはないでしょう。気を引きしめているばかりでは途中で千切れてしまいますよ」

「……違うんだ。そうじゃなくて、その」

なんとか声を絞り出しながら、彼が発した言葉の真意を必死に考えた。この世界で目覚めた朝に自分は確か、愛称で呼んでくれたほうが嬉しいと言った彼に、ここは他国の地なのでいつもより気を引きしめアルヴィアに甘えないようにしたい、だから普段みたいには呼ばないのだというような説明をした。彼はあのときの主張に対して、たまには気を緩めたほうがいいとアドバイスしているのだろうか。

つまり、アルと呼んで甘えてほしい、と言いたいのか？

「ふたりでいるときくらい甘えてください」

結局は黙り込んだ有樹に、アルヴィアは優しく告げた。やっぱりそういう意味なのだと理解し今度こそひどく困惑していると、そっと髪を撫でられたので、びくっと身体が強ばった。

この世界に入り込んだ朝に頬を撫でられたし、そのあとも背にてのひらを添えられたりとなにかと接触は多かった。ブーツが壊れてよろめいたときにはためらいなく腰を抱かれもした。しかし、それらのどの場面よりもいまの彼の手はあたたかく、愛情に充ちているように感じられて、どきどきと胸が高鳴りはじめる。

とてもではないが視線を上げられず、膝の上で握りしめた自分の両手を睨むように見つめたまま、掠れた声を口に出した。

「……手を、離してくれ、アル。これはさすがに、目立ちすぎる」

作中では何度も書いてきたものの、アルヴィアの愛称を実際に口に出すのははじめてで、耳鳴りがするくらいに緊張したし心臓は早鐘を打った。どうしてこんなに鼓動が速まるのか、冷静に理由を考える余裕などはない。

なんでもいいから早くなにか言ってくれと願いつつ待ったが、いくらたってもアルヴィアからの返答は耳に届かなかった。もしかしたら自分が盛大に勘違いをしていて彼の気分を害したのかと、しばらくのちにおそるおそる顔を上げたら、これ以上なく嬉しそうな表情をしているアルヴィアと視線がぶつかり、ほっとすると同時に過去には味わったことのないときめきを覚える。

「あなたをこの手で守りたいです」

アルヴィアはそこでようやく有樹の頼みに従い髪から手を離して、今度は、さらに身を屈めてそれまでより間近に有樹を見つめ、どこかに熱を秘めた声で囁いた。

「ずっとあなたのそばにいたいです。あなたのために生きていたい」

あまりにもストレートなセリフを吹き込まれて、返事をするどころか頷くことさえもできなかった。こんなのも想定に沿わない要素だと、その場で固まったまま考える。

この命尽きるまであなたを守ります、そばにいられるのは嬉しいですしね。いつだかそんなことを言って有樹を動揺させたアルヴィアは、どれほどに強い感情や願いを抱き、いま自分の目の前にいるのだろうか。言葉がシンプルになればなるほど、彼の存在がより近く迫ってくる気がして、なんだか息が苦しくなった。

どう応えればいいのかわからず、アルヴィアの美貌を黙って見つめ返した。胸の高鳴りを持てあましているせいで、きっとおかしな顔をしていたろう。

いつでも優しく快い笑みを浮かべている彼はそんな有樹を認め、綺麗な瞳にふっと、どうしようもなく愛《いと》おしいとでもいわんばかりの甘やかな色を滲《にじ》ませた。いままで見たことのない種類の表情を目にして、ますますなにを言えばいいのかわからなくなる。

結局はロイーズが迎えにきてくれるまで、そのまま、互いに無言でただ見つめあっていた。多分数分だったのだろう長くもあり短くもあるその時間、ふたりのあいだには息が詰まるくらいの、いやに濃密な空気が流れていたように思う。

格好よくて頼りになる強くて優しい騎士、単純にそんなふうに考えていたアルヴィアは、当たり前ではあるが実際は作り物的な色男というのではなく、なかなかに人間くさい人物だった。この世界で彼は生きているのだと、プロットにはないそうした時間が増えていくごとに思い知らされる。

だからなのか、彼の一挙手一投足が妙に気になるようになってしまった。不意に触れる手や心動かされるセリフ、知らなかった表情を向けられると、胸のあたりがきゅっと締めつけられるみたいな感覚が湧きあがってくる。

これを簡単に表現するならば、自分は彼を、意識している、ということになるのだろうか。


そうした、ふたりの関係が少しずつ変化していくような、距離が近づいていくような日々を重ねるうちに、いつのまにか国境を越えてから十五日ほどがたっていた。順調に進めばあと数日でモンペリエ城につく予定だ。

ブーツが壊れた日に買った花の種は、大切に鞄にしまってあった。翠色の花をきっかけに訪れたのだろう、息も苦しくなるような空気に充ちたあのひとときを思い出しつつ、鞄をベッドの隅に放って宿屋でひと息ついていたときに、いつものようにアルヴィアが有樹の部屋へやってきた。

その日部屋を取った宿屋は、二階に客室が五つほどあり、一階が食堂その他といった間取りのいたって普通の店で、主人のほか三、四人の従業員で切り盛りしているらしかった。新入りがいるのか細かな指示が飛び交う中、みな忙しそうに立ち働いており、ひとのいいロイーズが見かねて食卓の準備を手伝って、三人で慌ただしく食事をすませた夕刻のことだ。

軽いノックの音と「アルヴィアです」と名乗る声を聞いた途端に、気づけば胸の中に芽生え、ここ五日ほどのあいだに次第に大きくなっていた、自分は彼を意識しているのではないか、という戸惑いがはっきりと形をなした。三人で街を歩いているときには薄れているが、こうした状況に置かれるとどうしてもその疑問は強くなり、つい身構えてしまう。

とはいえ、彼を拒む理由も見つからず、いくらか悩んだあとに平静を装い「入ってくれ」と応じた。なにが起こるかわからない旅路でなるべく王子をひとりにしないほうがいいと考えているのか、ただ単純にユリアスのそばにいたいのか、あるいは両方か。彼はしばしばこうして、宿に腰を落ち着けてからも、今後の予定やもっとたわいない話をしに有樹のもとへやってくる。いまさら近づくなと突っぱねるのは不自然だ。

アルヴィアは、有樹の困惑など気にしていないのか単に気づいていないのか、遠慮なく部屋に入ってきて後ろ手にドアを閉め、マントを脱いだだけでまだブーツも履いたままベッドの端に腰かけている有樹の前に歩み寄った。

「ユリアス様。モンペリエ城までもう少しですが、お疲れではないですか？」

先日と同様の問いを口にしたアルヴィアに、これもまたあの日と同じように優しく髪を撫でられて、少々身体を強ばらせる。こんなふうにされたらいやでも吹き込まれた囁きまで思い出してしまい、どんな顔をしたらいいのかわからなくなった。

あなたをこの手で守りたいです。ずっとあなたのそばにいたいです。あなたのために生きていたい。アルヴィアはあのときそう言って、どうしようもなく愛おしいとでもいわんばかりに甘く有樹を見つめたのだ。

この男はまるで宝物、というより恋人のように自分を扱っている。ふとそんなふうに考えてから、浮かんだ単語に自分で動揺した。はじめからためらいなく自分に触れた手は優しかったし、そのセリフは真摯だった。しかし最近は顕著だと改めて思う。

恋人、か。この男が自分に対して抱いている感情の種類はなんだろう。

「……君はおれが好きなのか？」

しばらく迷ってから小声で問うと、アルヴィアは困ったように笑って答えた。

「当然です。いまさらなにを言っているんですか」

「ああいや。そうじゃなく……どういう意味で好きなんだ？」

「どういう意味で、とは？」

彼を直視していることができず目をそらしながら訊ねたら、それこそ意味がわからないといった口調で問い返されてしまった。確かに自分が口に出した質問は言葉足らずで、意図が通じなくてもしかたないが、ならばなんと言えばいいのだとつい眉をひそめる。

またいくらかのあいだ口を閉ざして迷い、それから、さらに小さな声でつけ足した。

「だから……。好きにもいろいろ、あるじゃないか。たとえば、慈愛とか、その、恋愛とか……」

途切れがちに有樹が続けたそのセリフに、いつでもすらすらと喋るアルヴィアは、珍しいことに沈黙を返した。しまった、失敗したと慌てて視線を戻すと、彼は難しげな顔をして有樹を見ていた。

呆れているのか困っているのかはわからないが、自分の質問が彼を無言にさせたのは間違いない。こんなときはどうやってごまかせばいいのだろう。なんでもないんだ、あるいは、冗談だ？　前言撤回すべく必死にそれらしい単語を探していたら、少しのあいだ考え込むように黙っていたアルヴィアがようやく口を開いた。

「変化しています」

「変化……？」

意味がわからず今度はこちらが聞き返すと、彼は短く「そうです」と答えてまたいくらか沈黙したのちに、いつでも軽快な彼らしくない慎重さで続けた。

「私にとってあなたは、もっとずっと若いころから、自らの手で守りたいと願う大事な存在でした。だからこそこの旅への同行を志願したのです。国を出たときは、傷ひとつなくユリアス様をモンペリエ城まで送り届けてラファスを取り戻し、あなたも、国の宝も無事にラガリアへ連れて帰ろうとそれだけを考えていました。ですが」

「……ですが？」

「国境を越えたころから、少しずつ感情が、変化しています」

変化、という単語をくり返してからアルヴィアはまた黙った。大抵の場合は真っ直ぐに有樹を見つめるのに、なにを考えているのか視線を落とし僅《わず》かばかり眉を寄せている。

かつて知らないその表情を目にして、先のようには聞き返せなくなった。ふたりきりの部屋にそれまでとは異なる緊張感が充ち、声を発することもできなくなる。

彼はしばらく無言でいたあと、ふ、とひとつ小さな吐息を洩らし、視線を上げて笑った。そのいやに魅惑的な笑みと不意に熱を帯びた眼差しに、どきりとする。

「あなたは私たちとともに三人で国境を越えて以降、幾分か雰囲気が変わりました」

疑問形ではなくはっきりとそう言いきられたものだから、どう返せばいいのかわからなくなった。そんなことはないだとか気のせいだとか、単に知らない土地にいるせいだとか口に出したところで、アルヴィアは首を横に振るだけだろう。

「たとえば、私が頬を撫でればびっくりして目を丸くしたり、忠誠心を告げれば真っ赤になったりしますね。それから、緑色の花を見て私の瞳によく似ていると口にし、好きなのかと問われてうろたえ、甘えてほしいと乞《こ》えば掠れた声でアルと呼ぶ。以前は当たり前のような顔をしていたのに、近頃のあなたはいちいち可愛らしい反応をするんです」

返事ができない有樹を見つめて言い、相手の表情を見極めるような少しの間を置いたあと、彼は笑みを深めて続けた。

「私はそういったあなたの一面を知り、いまどうしようもなくあなたに惹《ひ》かれています」

真っ直ぐな眼差しを向けられ、ごまかしのきかない言葉を聞かされて、ますます返答に詰まった。

どういう意味で好きなのかという先刻の自分の問いに対し、彼は、惹かれていますという表現で答えたのだ。

それはきっと、恋愛の意味で好きなのだと自分に告げていることになるのだろう。しかし自分は恋愛なんてものには興味もなく、初恋の経験すらもなく生きてきたから、恋というものがどういった思いであるのか、どれくらいの温度と湿度を持ち重さはどんなものなのかを知らないのだ。だから当然、なんと応えればいいのかわからない。

問うて返事を聞いた以上はこちらもなんらかの意思を示すべきだ。そう思いはしたものの、いくら考えてもやはりうまいセリフは出てこなかった。なんとか「おれはただ」と絞り出すが、そこで声が途切れてしまう。

おれはただ、なんだ？　君の感情がどんなものであるのか知りたいだけなんだ、君のことが気になっているだけなんだ。なにを言おうとなぜですかと訊ねられたら余計返事に困る。

そっと一度深呼吸をし、アルヴィアの言葉に流されていないでちゃんと頭を働かせろと自分に言い聞かせた。そもそもここは自らの手で描いてきた小説世界であり、プロット通りに話を完結させるべくユリアスとして動いているはずなのに、指摘される程度に自分は本物の王子とは異なるのだ。

いくらユリアスに自分が反映されているとはいえ、生きてきた世界が違うのだから、姿が同じでも当然中身には差異がある。それが話を進めるうえでのノイズにならないよう、できるだけユリアスらしいふるまいをしていたのに、アルヴィアの前ではそうできず素が出てしまう。

なぜならアルヴィアによって感情を揺り動かされているから、か。

そんなことを声も出せぬまま考え込んでいると、不意に、身を屈めたアルヴィアに両手を握られたのでびくりと身体が強ばった。それまで思案していた内容は一瞬でどこかへ飛び、てのひらで感じる彼の体温に意識を占められる。

頬や髪を撫でられたり背に手を添えられたりしたことは何度もあった。腰を抱かれたこともある。しかしこんなふうに、まさに恋人にするみたいにぎゅっと手を握られるのははじめてだ。

「上の空ですか」

いつのまにかそらしていた視線を戻したら、困ったように笑ってアルヴィアが言った。間近に顔を覗き込まれてさらに硬直する。立ちあがって逃げるなりまずは手を払うなりすればいいのに、じっと見つめられて身体の動かしかたすらわからなくなった。

「私がいくら思いを告げても、王子様はお気になさらないですか？」

「……いや、そうじゃない。ただその、……想定外だ」

「ひとの心の変化は想定できるものではありませんよ。あなたにきちんと伝わらなかったならもう一度言いましょう、私はユリアス様に惹かれています。だから今度は、私に好意の意味を訊ねたあなたの気持ちを教えてくださいませんか？」

アルヴィアから投げかけられた問いに、緊張のあまりつい喉を鳴らしてしまった。彼の言わんとするところは理解できても、自分でさえよくわからないおのが感情を説明することなんてできないし、ごまかせるほど器用でもない。

十センチメートルもない距離で見つめあった彼の眼差しは先よりさらに情熱的で、そうと意識すれば確かに恋する男のものだと感じられた。きらめく翠色の瞳に、彼は本当に恋愛の意味で自分のことが好きなのだと改めて思い知らされ、過去にないくらいに胸が早鐘を打ちはじめる。

おかしい、なぜこうも鼓動が速くなるんだと、意識よりも先に反応する身体に大いに戸惑った。どうにかこうにか二十年生きてきたが一度だってこんなふうになったことはない。

もしかしたら自分は、アルヴィアのことが好きになりはじめているのだろうか？

「しかたがないですね」

指一本動かせないでいる有樹の様子を認め、アルヴィアは笑みの形に目を細めてそう言った。戸惑う有樹の心中を見透かしたのかもしれない。

彼はそれから握っていた手を離し、今度は両のてのひらを有樹の頬に添え、少し上を向かせて囁いた。

「あなたが言葉で教えてくれないのなら、唇に訊いてみましょう」

返事を待つつもりもないらしいアルヴィアにさらに美貌を寄せられて、いよいよ呼吸もままならなくなった。彼が自分にキスをしようとしていることはさすがにわかり、こみあげてくる焦りと怖いくらいの胸の高鳴りで目の前がちかちかしてくる。

どうしよう、どうしたらいいんだ？　受け入れていいのか、やめろと言えばいいのか、自分の取るべき行動がわからずひどく混乱した。

「ユリアス様！　お休み中すみません、ちょっといいですか？」

ドアがノックされ部屋の外からロイーズの声が聞こえてきたのは、吐息の次にちょうど唇が触れあおうとしていた、まさにそのときだった。ふたりきりだった空間に他人の声が入り込んできたためか、アルヴィアの動きがぴたりと止まったので、咄嗟に彼の肩に手をつき必死に押し返しつつ「なんだ？」とロイーズに返事をする。

「店主さんから、明日の朝食はできれば少し早めにしたいとお願いされました。そうなると、いくらか早起きしないといけなくなりますが、どうしますか？　アルヴィア様にも伝えたいんですけど、部屋にいなくて」

「あ、ああ。早くても構わない。アルヴィアには私が言っておこう。しかしなぜ急に」

「なんでも、雇ってる店のひとがふたり連絡がつかなくなってしまったらしくて、忙しくなりそうだから諸々前倒しで仕事したいとのことですよ。僕もいま手伝ってますけど、さすがにふたり分の働きはできませんね。明日の昼間、僕たち含め客が引けてから本格的に作業するみたいです」

「わ、かった。では翌朝の件は承知したと店主に伝えてくれ」

アルヴィアの手が頬から離れても混乱はすぐには収まらず、ロイーズのセリフはなかなか頭に入ってこなかったが、とりあえず用件は理解できたのでドアに向かってそう答えた。ロイーズの「はい！」という元気な声が返ってきて、階段のほうへと去っていく足音が聞こえなくなってから、ようやくほっと吐息を洩らす。

そののち、ドアへ向けていた視線をおそるおそるアルヴィアへ戻したら、彼はそんな有樹の態度になにを感じたのか淡く苦笑して一歩身を引いた。

「そんなに力いっぱい拒絶しなくても」

責めるというのではなく宥《なだ》めるような口調で言われ、しどろもどろになりながらもなんとか返した。

「いや、ただその、おれは、……驚いたんだ。ああ、そうだ、朝が早いならさっさと明日の準備をして寝ないと……。君も部屋に戻って、用意をすませておいたほうが」

目を合わせていると、どうしてもいまにも触れそうになっていたアルヴィアの唇を意識してしまうので、ごまかすようにぎくしゃくと彼から視線をそらした。実際にくちづけをしたわけでもないのにこんなふうにどきどきして、これ以上心臓を酷使したらひっくり返るかもしれない。

明日の準備をと言ったからにはそのようにしなくてはと、ベッドの隅へ放ってあった鞄を心ここにあらずで探り、しかしそこで違和感を覚えてつい声を洩らした。

「……あれ?」

「どうしました?」

「ラゼナイトがない」

そこまで自分で言ってから、そういえばプロットにも、城へ向かう途中でララファスに必要な鉱物ラゼナイトがなくなるという事件が起こる、と書いたはずだと思い出した。アルヴィアからあなたに惹かれていますなんて想定外のセリフを聞かされ、そのうえキスされそうになったものだから、動揺のあまり本来の展開が頭から飛んでいた。

「ラゼナイトがない、とは？」

発した言葉をアルヴィアにくり返されたため、振り返って説明を加えた。

「硬貨用の袋とは別に、砕いたラゼナイトが入った革袋を荷にしまっていた。そう大きなものでもないから掏《す》り取られたのかもしれない。宿屋につくまでは確かにあったはずなんだが……夕食時から金銭は手もとに置いていたし、革袋に金目のものが入っていると勘違いして盗んだのか？」

アルヴィアは「なるほど」とひと言声にしてから、なにかを考えているようにいくらか視線を下ろして黙り込んだのち、有樹を真っ直ぐに見て続けた。

「では探しにいきましょう。ラゼナイトがないと、ララファスを無事取り戻したとしても彼は死んでしまいます。いまからラガリアへ戻る時間はありません」

「……すまない。油断した」

眉を寄せ神妙に詫《わ》びると、アルヴィアは気にするなというように穏やかな笑みを見せた。内心では焦っていたのかもしれないが、そんなものは少しも感じさせない、見るものに安心感を与える表情だと思う。

「ずっとあなたのそばにいたのに私も気づきませんでしたから、謝らねばならないのは私のほうです。大丈夫、ラゼナイトは必ず見つけますので、そのような顔はしないでください」

相手を思いやる心強い言葉に頷き、促されるまま彼が開けたドアから先に部屋を出た。その際に一瞬意図せず指先が触れあって心臓がひとつ大きく鼓動し、それを静めるために密かに深呼吸する。

想定外の発言や行動はあっても、彼は間違いなく優しくて頼れる格好いい騎士、アルヴィアだ。そんな彼を自分は好きになりはじめているのだろうか、先刻手を握られて狼狽も動揺も抑えられぬままそう考えたが、これっぽっちの、ほんの僅かな接触にさえ胸を高鳴らせている以上は、ただの気の迷いだと切り捨てることもできないか。


一階に下りるとロイーズが宿屋の主人を手伝って一緒に荷物を運んでおり、ほかふたりの作業員も慌ただしく立ち働いていた。夜もいい時間だというのに、彼らにはゆっくりする余裕がないらしい。

こんなときに話しかけるのも気が引ける、とはいえまずは事情を告げなくてははじまらないと主人に歩み寄ろうとしたところで、先に有樹に気づいたロイーズが声をかけてきた。

「ユリアス様。あれ、アルヴィア様も。どうしました？　明日朝の予定はさっきユリアス様に言った通りですけど」

「ああいや。実は荷からラゼナイトが……貴重品が掏り取られたようだ。この店に入るまでは確かにあったんだが」

これはちょうどいいと彼らに近づき、ロイーズに答えるついでに店側にも伝わるよう状況を説明すると、荷物を下ろした店主がびっくりしたように有樹を見た。では次の展開につなげようと有樹が言葉を続ける前に、隣にいるアルヴィアが店主に訊ねる。

「先ほど連れのものから聞いたのですが、店のかたと連絡が取れなくなってしまったのだとか？　理由はわかっているのでしょうか」

アルヴィアに、自分がざっくりと頭の中で描いていた筋より早く話を進められたので、少々驚いた。事件の流れとしては有樹の立てたプロットに沿ってはいるものの、ここは彼の言動で進展する場面ではなかったはずなのだ。

彼は有樹の頭の中にあった設定から飛び出し、確かにいまひとりの男として生きていて、文字列では示せない生々しい感情を持っている。そして自分が考えていたより聡《さと》い、というより大胆だ。こうなるとアルヴィアを指し、自分が作りあげたお気に入りのキャラクターだ、なんて薄っぺらい表現をすることはできなくなる。

ここはもうノートやモニタに綴っていた自分だけの閉じた世界ではない。いわば神だった自分が入り込んだことで、『ラガリア物語』を、またそこに出てくる登場人物を動かす絶対的な舵《かじ》は、すでにこの手から離れているのだろう。

店主は「まさか彼らが」と呟いてから少しのあいだ黙り、そののち慎重な口調でアルヴィアの問いに答えた。

「実は、最近雇い入れたふたりの兄弟が、気づいたら姿を消していたんです。夕食の準備のときにはいたんですけれども……」

「消えたふたりについて詳細を訊いてもいいでしょうか？」

「私もそれほど詳しいことは……。ただ、一週間ほど前だったか、彼らから給金の前借りを頼まれたことがあります。働きぶりは真面目でしたが、なにせ雇ったばかりだったので、いまはまだ無理だと断りました。もしかしたら彼らはお金に困っていて、お客さんの荷を」

そこで店主がいったん口を閉じたので「教えてくれてありがとう」と告げてから、隣のアルヴィアに目を移し、聞かれても差し支えない範囲の言葉だけを使って言った。

「あの鉱石は我々にとってなにより貴重なものだから、途中で破れないよう仕立てのよい革袋に入れていた。高価なものだと思われたとしても不思議はないな」

「話を聞く限り、まず間違いないですね。どこかに売れるようなものではないですが、美しい石ですから、なにも知らぬものなら金になる品だと勘違いをするかもしれません」

しばらく無言でいた店主はふたりの会話を聞き、哀《かな》しそうな、悔しげな溜息をついて再び口を開いた。

「……近頃このあたりは治安が乱れているんです。王が姿を見せなくなってから、徐々におかしくなってきているように思います」

「王が姿を見せない？　モンペリエの長は積極的に城周辺の街へ足を運ぶ人物だと聞いていますけれ

ど、城からさほど遠くないこの街でも王を見ないのですか？」

　アルヴィアが首を傾げて訊ねると、店主はもう一度溜息を洩らしてから、消沈した声で有樹たちに説明した。

「はい。事情はわかりませんが、もう二か月ほどお顔を見ていません。王が現れなくなって以降しばしば暴力沙汰が起こるせいで、衛兵は疲弊し、ちょっとした事件には割く人手もない様子です。おかげで街がざわついて……なんと言えばいいのか、人々の自制がきかなくなりつつあるような……。旅のかたにこうした街のありようをご説明しなければならないとは、情けないです」

「ああ、そういうことか。城に近づくにつれて街の空気が変わってきてる気がして不思議だったんですよ。もしかしたら、王様は国内だけじゃなく外交の場にも姿を見せず、それを不審がって状況を探りに他国の工作員が入り込んでいるのかもしれませんよ。普通ならこんな大国には手を出せなくても、王が不在となると話は違います。そしてそんな輩《やから》は大抵、暴力を厭《いと》わない」

　それまで黙ってやりとりを聞いていたロイーズが眉をひそめてそう言ったので、また驚いた。彼の推測は有樹が立ててたプロットの通りだった。二十代前半の元気で明るい腕利きの騎士、自分が抱いていたそんなイメージ通りであるのは確かでも、想像していた以上に彼はアルヴィア同様聡くて大胆な男であるようだ。

「モンペリエは豊かでおおらかな国だと思ってましたが、このあたりには確かに、ちょっとした事件なら目立たないような不穏な雰囲気があります。だから出来心でスリなんて犯罪に手を染めるひとがいても僕は驚きません。国境付近は落ち着いてましたので、あちらのほうまでは影響が及んでいないんでしょうね」

「なるほど。ロイーズの言うように、城付近に他国のものが潜んでいるため暴力沙汰が増えている可能性はある。なにより、常にそこにいるはずの絶対的存在が姿を見せず、さらには衛兵さえも人手不足となれば、確かに人心が不安定になることもあるだろう」

アルヴィアはロイーズの言葉に同意し、それから誰に向けてでもなくこう言った。

「しかし王が姿を現さないとは、一体なにが起こっているのか」

この物語のプロットを最後まで書いたのは自分なのだから、王が姿を見せない理由はもちろん知っている。とはいえそれを現段階で伝えては物語が筋に沿わなくなるので、とりあえずはアルヴィアのセリフに首を横に振って自分もわからないと示し、目下の問題に話を戻した。

「それよりいまは姿を消した兄弟を見つけるのが先だ。彼らがどこにいるか心当たりはないか？」

店主へ視線を向けて訊ねると、彼は少しのあいだうつむき唸ってから顔を上げ有樹に答えた。

「そういえば、街外れの公園で彼らを見かけたことがあります。確か、給金の前借りを頼まれ断った日の夕方だったかと。ひどく深刻な様子で、ふたりきりでなにか話し込んでいました」

「深刻な様子、か。街外れの公園とは？」

「ここから東に行ったところにあります。公園といってもそう賑やかな場所ではなくて、子どもが遊ぶ昼間ならともかくこんな夜ではひとけもないですけれど、込み入った話をするなら通りやどこかの店に入るより他人に聞かれずにすむかもしれません」

店主の返答を聞きアルヴィアとロイーズにちらと目をやると、彼らはそろって頷いた。その公園が怪しいというのが現時点での総意であるらしい。

「わかった。話してくれてありがとう。我々はまずそこへ行ってみる」

「……申し訳ありません。本来であれば雇い主である私が彼らを探し出して事情を聞くべきなのですが」

礼を述べた有樹に向かって頭を下げようとする店主を、「まだ謝罪すべきが誰なのか明らかになってはいないのだから」と言って制し、公園の場所や消えた兄弟の身なりを詳しく聞いた。それからいったん部屋に戻って身支度をしたのち、サーベルを腰に下げたふたりの騎士とともに宿屋を出る。

夜の街は昼間のように混みあっているわけではないにせよ、酒場らしき店ではひとの出入りがあり、また帰路を急いでいるのだろう男女の姿もちらほらと認められた。確かに、他人に聞かれたくない話をするには不向きかもしれない。

十分ほど歩いたのちに聞いた通り横道へ入り少しすると、店主の言っていた公園が見えてきた。特に大きな遊具などはなく、太い木や整えられた植え込みのあいだにいくつかベンチが置いてある程度だが、そこそこ奥行きがありそうだ。まわりの建物からの明かりがほとんど届かないこともあり、日も暮れたこの時間では薄暗く、夜間にひとが近寄ることはそうそうないだろうと推測される。

その公園の片隅にあるベンチの裏から、不自然に明かりが洩れていた。音を立てないよう移動し木の陰から覗いたら、よく似た顔立ちの男ふたりがランタンをあいだに向かいあって座り込み、そろってなにかを凝視している姿が見えた。

服装も聞いていたままなので間違いなく宿屋の主《あるじ》が雇った兄弟だろう。目をこらすと、二十代半ばくらいのおそらくは年上、つまりは兄のほうが見覚えのある革袋を握っているのがわかった。

「ラゼナイトだ。盗みが成功したわりには浮かない顔をしているが、彼らが荷から革袋を掏り取ったのは間違いないな」

木の陰に隠れ、少しのあいだ様子をうかがってから小声で告げた有樹の言葉に、アルヴィアとロイーズが無言で顔を見合わせ頷いた。さっそくサーベルの柄《つか》に片手を置き彼らに歩み寄ろうとするふたりを「待て」と言って引き止め、先に立ってベンチのそばまで歩き声をかける。

「そこのふたり、宿屋の兄弟だろう？　それは私たちにとって大切なものだ、返しなさい」

兄弟は弾かれたように顔を上げ、有樹とふたりの連れを見てすぐさま立ちあがった。高価なものだと思ったのか単に驚いたのか、ラゼナイトの入った革袋を持ったまま、慌てて逆の方向へ駆け出す。よく見ると公園の向こう側にも道に通じる出入り口があるのが認められるので、そこから逃げようとしているらしい。

「相手は他国の平民だ。剣は抜くな」

有樹が言うのと同時にアルヴィアとロイーズが足を踏み出した。いくら先に動いたとはいえ街のものと騎士では勝負にならず、兄弟は奥の出入り口へ辿りつく前にふたりに腕を摑まれた。

力では到底敵わないと悟ったのか、兄弟は暴れもわめきもしなかった。アルヴィアが弟の片腕を後ろ手にねじりあげその場にうずくませる様子を見て観念したらしく、兄が革袋を掴んだ左手を大人しく差し出す。それに警戒を緩めたのだろうロイーズが、ラゼナイトを受け取ろうと彼の腕から手を離した。

隙が生じたその瞬間に、兄が咄嗟に走り出し、彼らを見ていた有樹の背後に回り込んだ。革袋を握ったまま左腕で有樹の胸のあたりを押さえ込み、さらには右手で懐から取り出した小さなナイフを首に突きつけたので、公園内に一気に緊迫した空気が充ちる。

大雑把に考えていたプロット通りとはいえ、実際にこの緊張感の中で刃物をちらつかされると、さすがに冷たい汗が滲んだ。

「あんたらの中で一番格上なのはこの男なんだろう。傷つけられたくなければ、おれたちを見逃してくれ」

有樹をつかまえたまま、脅すというより懇願する声音で兄が言った。服越しに密着した身体は微かに震えており、彼がいまそれだけ必死であることをありありと有樹に伝えてくる。

相手が冷静であれば話のしようもあるのだが、これでは無理そうだ。力で制するしかない。うずくまらせた弟をロイーズに任せ、自身はいつでも動けるように立ちあがったアルヴィアを無言でじっと見つめて、彼の視線が返ってきてからちらちらと目で背後を示し、次に右手をそうとわかるよう強く握りしめた。いまからこの男に腕力を振るうので手助けしてくれという意味だ。

アルヴィアは有樹の意図を察したらしく浅く頷いた。そのアルヴィアに伝わるようゆっくり三回瞬《まばた》きをしてみせタイミングを教え、了解、というように彼が再度頷くのを認めた時点から、頭の中でカウントダウンをはじめる。

そして、きっちり三秒後に、あえて一歩足を引き、男のみぞおちを力いっぱい肘打ちした。

有樹が動くのと同時に足を踏み出したアルヴィアは、抵抗されると思っていなかったのかナイフを取り落としてよろめいた兄に素早く手を伸ばし、革袋を取りあげてから弟にそうしたのと同様片腕を後ろ手にねじりあげた。そのまま足を払ってうつ伏せに地面に押さえつけ、彼の頬を土で汚させる。

そんな一連の捕物が片づいたあとロイーズが歩み寄ってきて、つかまえていた弟を先までと同じく兄の隣にうずくまらせた。

「ここから衛兵や自警団の人間を呼びにいくのは少々面倒だな。君たちは呼ばれたいか？」

なるべくフラットな口調で問いかけたら、地面に押さえ込まれている兄が慌てたように首を横に振ったので、軽く片手を上げてもういいとアルヴィアに指示した。アルヴィアはそれに従い兄の身を起こさせ、背後から腕を摑んだままその場にひざまずかせて顔を有樹に向けさせた。

「なぜこれを盗んだ？」

重ねて訊ねると、有樹に肘打ちされたみぞおちが痛むのか時々低く呻《うめ》きながら兄が答えた。

「……妹が病気なんだ。まだ十五歳で、早いうちに薬を使えば治るらしいんだが、モンペリエでは認可外の薬で補助金が出ないから、高価で買えない」

そのセリフを聞き、弟を押さえているロイーズがひどく哀しそうな顔をした。この男は感情をストレートに面に出すタイプなのかとまた新たな発見をする。

「両親は少し前に事故でひどい怪我をして亡くなった。今度は家族を死なせたくない。でも、金が足りないんだ」

黙ったまま兄をじっと見ると、彼は有樹の視線に促されたかのように、苦しげに続けた。

「宿屋の主人に給金の前借りを断られて、他に借金できるあてもなく困ってたときに、身なりのいいあんたが現れた。金目のものを持ってるんじゃないかと思った途端に、もう盗むしかないという考えに取りつかれてた。衛兵が足りなくてざわついてるいまの街なら盗みをしても大して目立たないし、薬を手に入れて妹を助けてからなら、おれたちは捕まってもいいんだ」

「自分たちがのちに捕まれば、犯した罪が消えるとでも？」

兄の言葉を受け有樹が静かに問うたら、彼はますますの苦悩をうかがわせる声で、呟くように答えた。

「……他にどうしたらいいのかわからなかった。こんなことをしたのははじめてで、怖かった」

怖かった、か。彼はきっと悪事が露呈してしまうのが怖かったのではなく、悪事に手を染めることで自らのてのひらが汚れるのが怖かったのだろう。いっとき夜空に視線を逃がして、そんなことを思った。

家族を救いたいという強い望みから、彼はまさに、歪《ゆが》んだ考えに取りつかれてしまっていたのだ。

他には方法がないからと自分に言い聞かせ、おのれが汚れていくことへの恐怖を抑え込み、彼は罪を犯した。

張りつめていた糸が切れたような力ない表情をしている兄と、すべてを諦めたといった様子でうずくまったまま身じろぎもしない弟、この場の誰よりつらそうな顔をしているロイーズと、無表情ながらも複雑な色を瞳に宿しているアルヴィアに目を戻し、なんともいえない苦々しい気分になった。

自分で考えていたプロット通りではあるが、王が姿を見せない影響は人々のあいだにこんなふうに広がっていくのだ、そしてみなを不幸にしていくのだと、この場に生きているものとして経験し、はじめて頭と心の両方で理解した。

ただキーボードを打って話を作るのとは違い、実際に自分の手で誰かの未来を左右できる立場に置かれると迷うものだ。

「君たちが卑劣な手段でなにかを得るということは、誰かが大事ななにかを失うということだ。そんな方法で手に入れたものを差し出されても、私が君の家族なら受け取らない」

思案の末に有樹がそう声をかけると、兄ははっとしたように目を見開いた。その表情を見つめ、彼に取りついていた歪みが綺麗に消えればいいと願いながら続ける。

「二度とあやまちをくり返さないと誓えるか？」

兄は有樹の言葉を噛《か》みしめるようにいくらかのあいだ黙ってから、「誓う」とはっきりした口調で告げた。うずくまっていた弟も顔を上げ「おれも、誓う」と掠れた声でくり返す。

彼らは悪事を働きたくてラゼナイトを掏り取ったわけではないのだと、その嘘のない声を信じることにした。今回の一件は病気の妹のためにと追い詰められて取った行動であり、冷静になって振り返ったいまは充分に悔いているはずだ。

「離してやれ」

兄弟を押さえているふたりの騎士に指示し、彼らが従うのを待ってから、鞄に手を入れ小さな袋を取り出した。それに気づいたロイーズがびっくりしたような顔をして「ユリアス様」と声を上げる。

「そんな、いや、僕はいいと思いますけど、なにもそこまで」

「ユリアス様の判断なら君が口を出すことではないよ」

ロイーズを制するアルヴィアのセリフを聞きつつ、袋から硬貨をいくつか取り出し兄に差し出した。

確かに、これが安アパートにこもって考えていた通りの解決方法ではある。しかしプロットに沿うためではなく自らの意思として、彼らを助けたいと思ったからこその行動だ。

「薬代にするといい。これだけあれば足りるだろうか」

兄は先ほどよりさらに目を見張ってきらめく硬貨と有樹の顔を交互に見つめ、「でも」と微かに震える声で言った。有樹の言動に余程驚いたのか、硬貨を受け取る手がなかなか出てこない。

「……おれたちは、……悪いことを」

「情けをかけているわけではない。好きで私の荷に手を突っ込んだわけでもなさそうだし、妹の病が癒えれば君たちが今後悪さをする理由もなくなる、ただそう考えただけだ」

素っ気なく言っても兄はしばらく動かずにいたが、有樹が「さあ」と促すとようやく、おそるおそるといったように両のてのひらを差し出し、硬貨を受け取った。それから両手を握りしめついでにぎゅっと目も瞑《つむ》って、幾ばくかうわずった声で告げた。

「……ありがとう。必ず、返す。一生懸命働いて、何年かかっても何十年かかっても返すから、どこに行けばあんたに会えるのか教えてくれ」

「返す必要はない。そのかわり、真面目にこつこつ働いて、次に誰かが困った際には君が助けてやりなさい」

兄の言葉が本心であるのは伝わってきたので、この様子であれば罪を重ねることもないだろうと判断し、それだけを言って彼らに背を向けた。

「では宿屋に戻ろうか。君たちもだ。主人に怒られると思っているのなら心配しなくていい、私が取りなそう。ふたりの兄が仕事をなくせば、せっかく病が癒えても妹がひもじい思いをする」

「本当に、ありがとう」

「明日の朝食はきっとハムが一枚多いんだろう？」

先に立って公園の出入り口へ足を踏み出すと、背後から少しは緊張がほぐれた声で「ソーセージも一本多い」と返された。それに密かに満足の笑みを零《こぼ》した。自分が筋を考えた、プロット上でたったの五、六行ですむ出来事をこうして実際に経験して、血の通った個々の人間である誰かと接すると、この世界は筆者の頭の中だけにあるものではないし、彼らもただの文字列ではないのだと改めて実感する。

いま自分がいる『ラガリア物語』の舞台は、想像していたよりずっと広くて大きく、深い世界だ。だからこそ、大事にしよう、考えていたことをすべてこの手でなしきちんと話を進めて、強引にではなく綺麗にエンドを打ちたいと決意を新たにした。

有樹とふたりの騎士、それからラゼナイトを掏り取った兄弟の五人で宿屋に戻ると、そわそわとみなの帰りを待っていたらしい主人が店の中に通してくれた。なにを言えばいいのかわからないのか不安そうな顔をしている店主に、まずは兄が詫びを告げて弟とともに頭を下げる。

「突然仕事を放り出して、店を留守にしてしまい、申し訳ありません」

「彼らは、外部のものが私の荷から貴重品を盗む現場を見かけ、慌てて追いかけ取り返してくれたそうだ」

謝罪を口にした兄弟を前にし、状況が把握できないというように困惑を面にしている店主に、有樹が説明を加えた。真っ赤な嘘ではあるものの、この場合は方便だ。

「ふたりのおかげで我々の大切な品は無事に戻った。助かったよ。雇い主である店主にも礼を言おう、ありがとう」

「そういうことでしたか……。うちのものがお客さんの役に立てたならよかったです。ああ、本当によかった。今後は店でこんな出来事が起こらないよう、ちゃんと目を光らせておきます」

有樹の言葉を聞いた主人は心底ほっとしたという口調で言い、貴重品を掏り取られた話をして以降はじめて笑みを浮かべた。それがなぜかいやに嬉しくて、見ているほうまで勝手に笑顔になる。

信頼して雇ったふたりが罪を犯したのではないか。そんな主人の不安には、どう責任を取ればいいのかという客への罪悪感のみならず、真面目に働く兄弟を心配する気持ちも含まれていたのだろう。もはや自分が作ったキャラクターだなんて軽々しい表現はできない、この世界に生きる人々の優しさに触れ、心があたたかくなる。

その後、簡単に明日の予定を話しあってから、有樹とふたりの騎士は各々に与えられた二階の部屋へ戻った。無事プロットに沿って物語が進んだことに安堵しつつ、すっかり遅い時間になってしまったから早く寝ようと、身につけていた服を脱ぎ捨てナイトシャツに着替えたところで、ベッドへ潜り込む前にドアを叩かれた。

「アルヴィアです。ユリアス様、起きているなら入れてください」

予想通りのようなそうでもないような展開だ。彼の性分だから、貴重品を掏り取られるという事件があったこんな日なら来るかもしれないと思っていたし、こんな日だからこそ放っておいてくれるかもしれないとも考えていた。

「……好きにしてくれ」

もう着替えてしまっているし眠っているという体《てい》で無視してもよかったのだが、拒む理由もなかったのでそう応えると、すぐにアルヴィアが部屋に入ってきた。マントは脱いでいたものの、いつも通りきっちりとシャツにボトム、ブーツを身につけている。

彼は後ろ手にドアを閉めてから、ナイトシャツ一枚でベッドに腰かけている有樹にこう言った。

「今夜は私がここで朝まで見張りをします。あなたになにかあったらと考えると眠れません」

「朝まで……？　いや、平気だから君も休んでくれ。いまさらなにも起こらないだろう。それにおれは……ひとのいるところだと落ち着いて眠れない」

「駄目です。店がまだざわついていますので危ないです。あなたの身の安全が第一ですから出ていきませんよ、どうぞ私のことは気にせず休んでください」

言い返してもアルヴィアは聞き入れず、いやにきっぱりした口調で告げた。平気だ、駄目だと幾度かやりとりをしたのち、彼はなにがなんでもこの部屋にいるつもりだと悟り、諦めて「好きにしてくれ」と先と同じ言葉を口にする。出ていけと命じて追い払うこともできるが、自分の身を案じている相手にそこまでするのもおかしい気がする。

とはいえ彼に言った通り、少々落ち着かないのは事実だった。もといた世界では、長じてから他人のいる部屋で眠ったことなどないのだ。二週間ほどをすごした『ラガリア物語』の世界でも同じく、宿屋ではまま世話を焼きにくるアルヴィアも寝る時間になれば自身の部屋へ戻るのが常だったため、いつでもひとりでベッドに潜っていた。

だから、自分ではないひとの気配があるとどうしても気になってしまう。

こういうときには布団をかぶって寝たふりをすればいいのか、あるいはなにかしら話しかけたほうがいいのか？　ベッドに座ったまま眉をひそめ悩んでいると、それを察したのかドアの前に立つアルヴィアが目を細めて笑い先に口を開いた。

「最善だと思いますよ」

「……最善？」

「少なくとも私は先ほどのあなたの采配を、ひとの上に立つ人物に相応しい、よいものだと考えました。真っ直ぐで優しいあなたらしいです」

唐突な言葉の意味が理解できずくり返したら、穏やかにそう続けられたので、どんな表情を作ればいいのかわからなくなった。作成したプロットに沿うようにというより、実際にこの世界にいるものとして思案し取った行動を、よいものだと誰かに認められれば当然嬉しい。と同時に、やたらとくすぐったくなっておかしな顔をしてしまう。

「さらに、いまのあなたにはおのが意思を信じる心の強さがあります。我が国の第三王子がこれほどまでに立派に成長されていて、頼もしいばかりです」

アルヴィアは少しの間を置いてから、そんなふうにつけ足して笑みを深めた。そのせいでますます妙な顔になる。十も年上ではあるがユリアスにとって一応は配下となる男に褒められて、こんなに、全身がそわそわするくらいに嬉しくなるなんて予想外だ。

そういえば、十年前に森の中で出会った見知らぬ青年と語りあったとき、彼はなんと言ったのだったか。立派な王子とはどういった人物なのだろう、どうすれば頼もしい大人になれるのか教えてくれというような有樹の問いに対してだ。

いつでも真っ直ぐに、素直に物事を見るよう心がけましょう。それから、清らかさとひとへの優しさを大事にしてください。青年が告げたその答えはもちろん覚えている。彼の言葉を一番の指針に、自分は『ラガリア物語』を書いてきたのだから当然だ。

だからこそいま自分がユリアスとして、真っ直ぐで優しい、頼もしい、なんて言われると余計に心が浮き立つのかもしれない。子どものころから大事にあたためてきたこの世界で、自分はあのとき青年が教えてくれた立派な王子になれているだろうか。

教えてくれた、か。そこまで考えてふっと、先ほどこの部屋で交わしたアルヴィアとのやりとりを思い出し、今度は違う意味でそわそわと落ち着かない気分になった。のみならずあのとき覚えた胸の高鳴りまで蘇ってきて参ってしまう。

掏り取られたラゼナイトを探しにいく前のことだ。君はおれが好きなのか、どういう意味で好きなんだと訊ねた有樹に、アルヴィアはいまどうしようもなくあなたに惹かれていると告げ、両手を握ってこんなふうに問い返した。

――だから今度は、私に好意の意味を訊ねたあなたの気持ちを教えてくださいませんか？

キスの一歩手前、いまにも唇が触れそうなほど間近で感じた彼の吐息を思い起こし、つい僅かばかり目を下にそらせると、その仕草でなにかしら察したらしくアルヴィアはゆっくりと足を踏み出しこう告げた。

「私はあなたをますます好きになりましたよ」

はっと視線を戻してても彼は立ち止まらず、ドアの前から数歩の距離を詰め近づいてきて、ベッドに座っている有樹の前で身を屈めた。

「あなたはやはり変わりました。私は真っ直ぐで優しくて頼もしい、そのうえ可愛らしいいまのあなたに、確かに恋をしています」

先刻同様に顔を覗き込まれ、先よりストレートに言いきられて、思わず息をのんだ。なにか返事をしようにも声が出せずにいると、次に両手を頰に添えられ、アルヴィアを見あげるように少し上を向かされる。

ああ、さっきと同じだ、あのときロイーズのノックで中断された行為をするのだと理解し、咄嗟に「アル」と名を呼んで制しても、彼は手を離してはくれなかった。

「あなたはどうですか？　先ほどはあなたの気持ちを聞かせていただけませんでしたね。もう邪魔も入らないでしょうから、いま教えてください。言葉にできないのなら、唇で」

「……おれは」

「あなたがいやならすぐにやめます」

ちょっと待ってくれ、少し時間をくれと言おうとして開きかけた唇に、ためらいもなく唇を重ねられて呼吸が止まった。押しのけようにも今回は腕が上がらない、というより全身が強ばって指一本動かせなくなる。

自分が彼に対して抱いている曖昧な思いを、それゆえ実際にキスされてしまえば抗《あらが》えなくなることを知っているからこその強気な言動なのだろう。などと考えられたのはほんの一瞬で、すぐに頭の中が真っ白になった。

少し乾いた、あたたかい彼の唇の感触は、ぞくぞくするほど生々しかった。至近距離にある翠色の瞳は吸い込まれてしまいそうなほどに美しく、表情をうかがうように見つめられて視線を外すことも瞼を下ろすこともできなくなる。

自分はどうしてこんなふうになっているんだ？　息はできないし身体は動かないし、それが混乱のせいなのか、はたまた違う理由によるものなのかすらわからない。はっきりしているのは自分はいまアルヴィアとくちづけをしているという事実と、こうして彼に触れられるのをいやだと感じてはいないということだけだ。

硬直している有樹になにを思ったのか、アルヴィアはすぐに触れるだけのキスを解いた。たった数秒のままごとみたいな接触だったが、それでも有樹にとっては衝撃的な行為だった。

この男と唇を重ねた。忠誠だとか親愛だとか、そんなものでは言い訳できないくちづけだ。そしてそれをアルヴィアももちろん理解している。

忠誠や親愛では足りない、もっと切実で断定的な思いを抱いているのだと伝えるために、彼は自分に唇を寄せたのだ。

「可愛いですね」

頬からてのひらを離した彼にそう囁かれながら、優しく髪を撫でられてびくりと派手に肩を揺らした。可愛い？　なにが可愛いんだ？　彼の言葉が意味するところを考えようにも、動揺は収まるどころかさらに強くなるばかりで頭がまともに働かない。

「ユリアス様。そんなにびっくりしないでください」

アルヴィアはその有樹の様子を認めて愛おしげに目を細め、髪を梳《す》いていた手を引いた。それから、屈めていた身を起こして窓際まで歩き、そこにある椅子をドアの前へ運んで有樹には背を見せ腰かける。

「朝まで見張ると言ってここへ来たのに、身勝手な真似をして申し訳ありませんでした。あなたに触れたいという気持ちを抑えられなかったのです。これ以上驚かせるようなことはしませんよ、今夜は」

「……いや。ああ、その」

「おやすみなさい。朝になったら起こしましょう」

有樹に背を向けたままアルヴィアがいつも通りの口調でそう告げたので、どうにか「おやすみ」と応じ、ぎくしゃくとベッドに横たわった。頭まで布団をかぶり深呼吸をくり返して、馬鹿になっている思考をなんとか呼び戻す。

自分は彼を好きになりはじめているのだろうか。先ほどそんなふうに考えたが、もはや推量表現が入る余地などない。キスから解放されてもいまだに心臓は壊れそうなくらい早鐘を打っているし、触れていた唇のみならず手も足も痺《しび》れる。こうした反応が起こるのは、自分が間違いなくアルヴィアに惹かれているからだ。

いま襲われている、かつて知らない高揚感の正体が、まったくわからないとは言えまい。実際に経験したことはなくても、小さなころから埋もれていた山ほどの本の中で何千、何万と目にしたことがある。

恋。耽溺《たんでき》してきた活字の海では、そんな単語で表現されていた。

はじめて味わうこの感情は要するに、初恋だ。

そう自覚したことで不意に、確実にそこにある引っかかりが意識に上り、つい眉を寄せた。自分にはアルヴィアからの好意を受け取る権利はない。そもそも自分は彼がずっと大事に守ってきたユリアス王子ではなく、物語に中途半端にエンドを打ってしまったために呼ばれ、小説世界の中にトリップしただけの別人だ。

あなたは変わった、いまのあなたに恋をしている、アルヴィアはそう告げた。ならば彼の心中に生じた恋情は、この世界に入り込んだ自分に向けられているといっていいのだろう。自分とユリアスはイコールではないからアルヴィアの目には王子が変化したように見え、その変化ゆえに彼が恋心を抱いたというのなら、この認識はおかしなものではない。

とはいえだ。彼が愛を囁きキスすべき相手は、たった十数日前にこの世界を訪れた沢上有樹ではなくて、小説の中で生きてきた本物のユリアス王子なのではないか。アルヴィアとユリアスのあいだには、時間をかけて築きあげてきた彼らだけの強くて近しい関係性があるのだ。ここで自分がアルヴィアと恋に落ちるのは、そんな関係性を横取りしているということにならないか。

自分を呼びにきたユリアスは、私は君であり君は私だなどと言っていた。『ラガリア物語』の主人公には作者である自分が反映されているのだから、確かにその言葉は間違いではないのかもしれない。だとしても、異なる世界で生きてきた以上、正確には別人なのだ。

それを知っていながら、アルヴィアが恋をしたのは自分なのだからユリアスとは別人でも気にしなくていい、なんて開き直れるわけがない。

自分はアルヴィアを騙していることにならないか、彼の恋情を汚してはいないか。そう思ったら、どきどきと高鳴っていた胸に今度はずきりと痛みを感じ、頭までかぶった布団の中でついいましがたくちづけを交わしたばかりの唇を噛んだ。

それから城を目指す数日のあいだ、ふとした瞬間にアルヴィアとのキスの感触を思い出してはときめきを覚え、そのたびクールなユリアス王子らしくふるまえと自分に言い聞かせるのに苦労した。

アルヴィアと言葉を交わし、視線を合わせ、ときに手を添えられ、そんなちょっとしたやりとりにいちいち速くなる鼓動を抑え込めない。それどころか一秒、一時間、一日とときを重ねるごとに、徐々に胸の高鳴りは大きくなる。こうなるともうおのれをごまかすことも、ましてや知らぬふりをすることもできなかった。

自分は彼にはじめての恋をしている。どうすれば平常心を保てるのかわからなくなるくらい、彼が好きだ。

アルヴィアが恋情を抱くなら、相手は自分ではなくユリアスであるべきだ、というもやもやした気持ちは依然胸にあった。それでも、彼への恋心はいま、痛いくらいにその存在を膨らませていた。だからこそやりきれないような切ないような感情も同時に膨らんでいくのだろう。

好きだ、いや、相応しくないんだ。ふたつの声が心の中でもつれあってなかなか整理できない。誰かに対する思いにこんなふうに心揺さぶられた経験はなく、それゆえにきちんと向きあい適切に対処する方法がわからなかった。

このまま、一秒前よりいま、いまより一秒後と彼を好きになっていく自分に正直であっていいのか。それとも、複雑に絡みついてくる感情ごと忘れるべきか？　しかし、忘れる手段を知らない以上は、両方抱えて彼のそばにいるしかないか。

だが、そんな葛藤にばかり気を取られて本来の目的を見失うわけにはいかない。なんのために自分はこの世界に来たのだ。物語をプロット通り綺麗に完結させてやらなければ、ユリアスに、そして十年間この話を大事に書き綴ってきた過去の自分に申し訳が立たない。

ようやくモンペリエの城に辿りついたのは、国境付近の宿屋で目覚めてから二十日ほどたった日の午後だった。ファンタジー映画で見るようないくつもの塔が立つ、泰然としてたたずみ自《おの》ずと人々に畏敬《いけい》の念を抱かせる雰囲気をまとった大きな城、と想定していたモンペリエ城は、頭の中で描いていたよりはるかに立派で美しく、実際目にしなければわからない威厳に充ちていた。

しっかりしろ、と自分を鼓舞し、左右にふたりの騎士を連れ城門へ歩み寄った。剣を腰に携え門の前に立っている、いかにも逞《たくま》しい身体つきをした数人の門番に、思わず覚えた怯《ひる》みを悟られぬよう努めて冷静に声をかける。

「我々はラガリア国王からつかわされたものだ。先日使者として我が国を訪れた、エリオット殿に急ぎお会いしたい」

「ラガリア国から？　そうした人物が訪れるとは聞いていない。身分に偽りなきことを証明できるものはあるか」

門番の中で最も立場が上なのだろう、年長の男に睨まれ少々怖じ気づいたが、なんとか無表情の裏に押し込み、服の下に隠していた銀のバングルを示した。

「第三王子、ユリアス・ルネストルだ」

同時に身分と名を告げると、男は余程驚いたのか盛大に目を見張った。王族の証である紋章の刻まれたバングルをまじまじと見つめ、次に深く一礼し、慌てたように細く開けた門の中へ駆け込んでいく。

ラガリアは小さな国で、国土としてはモンペリエの十分の一に充たない。しかしながら、豊かな自然と穏やかな気候に恵まれ、土地柄珍しい農産物や鉱物が採れるため経済状況は良好であり、また大国にも引けを取らない武力を有している。外交面にも問題はなくモンペリエとの関係も友好的だ。そうした国の王族が、馬車を仕立てるでも多くの兵を連れるでもなくやってくれば、当然びっくりするし慌てもするだろう。

有樹が身分を明らかにした途端に他の門番も直立不動となり、門の前には静かな緊張感が立ち込めた。そんな居心地の悪い沈黙の中、少し待たされたあとに先ほどの門番が戻ってきて、部下に指示し門を広く開けさせた。

その向こうには、きちんとした身なりの男が苦悩の表情を浮かべひとりで立っており、「エリオットです。おひさしぶりです、ユリアス王子」と告げてから、先に門番がそうしたより深々と頭を下げた。ラガリアの宝を盗んだ以上糾弾される覚悟はできている、といった様子だ。

「ユリアス王子がいらっしゃった理由はわかっております。お連れのかたとともに、どうぞ中へお入りください」

長い礼のあとにようやく顔を上げそう言ったエリオットに頷いて返し、三人で彼に続いた。促されて足を踏み入れた城内は、あちらこちらに花々が飾ってあるせいか城壁の外から見たよりもやわらかい印象で、見あげた高い天井や壁には絵が描かれ華やかでもあった。

ただし、城に充ちる不安定な翳は秘められていない。ここへ来るまでの街でも感じ取れた、城に近づくにつれて色濃くなるあの不穏な空気は、国の要であるこの場所から発されていたのだ、とわかるような気配が漂っている。その証拠に、城内を守る兵も使用人もみなどこか物思わしげな表情をしていた。

エリオットは有樹たちを二階にある広い一室へ案内し、先に客人を通したのち自らも部屋に入ってドアを閉めた。まずは有樹たちに椅子を勧め、三人が腰かけてから自身は立ったまま再度頭を下げて口を開く。

「ラガリア国王は確か、ララファス、と呼んでいらっしゃいましたか。国の宝なのだとうかがいました。その宝を盗み出したのは、私です。申し訳ありませんでした。あなたがたは彼を取り戻しにいらしたのでしょう」

「国家間の大事《だいじ》にしたくはないので、少人数でララファスを迎えにきました。少なくともいまこの場では、私は個人としてあなたと向かいあっています。ですからどうか包み隠さず、ララファスを連れ出した理由を説明していただけないでしょうか」

慎重に言葉を選んで告げると、エリオットはいったん黙り、それからゆっくりと頭を上げた。ひどく悩ましげな表情をして有樹を見つめ、少しの間のあとにこう続ける。

「実は、我が国の王は二か月ほど前に病に倒れ、意識不明の重体となってしまいました」

回りくどい前置きは省き、まず最初に国の極秘事項を述べたエリオットに少々驚いた。有樹のプロットにおいて、王の病はモンペリエにとってなにより秘すべき事柄だから、もっと言い渋るかと想像していたのだ。ラガリアの王族が訪れたからには隠し通せないと腹をくくったというよりも、エリオットはそうして正直に内情を語ることで、個人として、という有樹のセリフに応えようとしたのかもしれない。

物語の大筋を把握している有樹は、当然ながら彼の告白に嘘がないことは知っている。そしてまたアルヴィアとロイーズにも、その深刻な声音より、エリオットの発言が事実であることが伝わったらしい。左右に座っている彼らから動揺と緊張感が伝わってくる。

「ララファスは触れたものの傷や病をたちどころに治す力を持っているのだと、ラガリア王からうかがいました。数年前、貴国で大怪我をした際に私も助けられました。だから私は、我が国の王も彼に触れれば元通り意識を取り戻してくれるのではないかと思い、貴国の宝を盗み出しました。他の誰でもなく私の意思です」

苦しげに、それでもはっきりとした口調で告げるエリオットに「なぜ相談してくださらなかったのですか？」と問うと、彼は痛々しい表情をして答えた。

「ラガリア王が情に厚い人物であることは存じあげております。相談すれば聞いてくださったのでしょう。しかし、私から内情を打ち明けるわけにはいきませんでした。意識を失う前の王から、国民を不安にさせないよう、病についてはモンペリエ城のもの以外には伏せろと命じられていたのです」

「なるほど。そのような事情があったのですね」

「はい。それに、王がいてこそ成り立つモンペリエにとって、国の長の病を他国に知られることは、これ以上ない弱みになります。ラガリア王が口外せずとも、どこから秘密が洩れるかわからない以上はやはり言えません。しかし、ここまでしても我が国の王は……」

責めるでもなく静かに頷く有樹の態度に幾ばくかは気が緩んだのか、エリオットはそこまで言葉を連ね、しかし中途半端に声を途切れさせた。またしばらく無言で考え込み、それから彼は何度目になるのか深く頭を下げ、「本当に申し訳ありません」と改めて謝罪を口にした。

「すべては私の責任です。どのような罰でも受ける覚悟で罪をなしました。ですのでどうか、王や、同行した他のものはお見逃しくださいますようお願いいたします」

もっと赤裸々に現状を語るべきか否かを思案した結果、エリオットは、これ以上弱みを晒《さら》すより黙ってひとりで処罰されたほうがよいと判断したのだろう。しかしこのままでは荒《すさ》んだモンペリエを救えない。なにを言えば彼はすべてを話してくれるのかと、口をつぐんで考えていると、アルヴィアに小さく「ユリアス様」と声をかけられた。

視線を向けた彼はほぼ無表情でありつつも、どこか複雑な眼差しで有樹を見つめ返した。次に目をやったロイーズも困ったように眉をひそめている。他国の宝を奪う行為は、エリオットの言った通り罪には違いない。とはいえ情状《じょうじょう》を考慮すると、ただ罰すればいいというものでもない。だから最善の行動を選び取ってほしい、と彼らは王子に訴えているのだと思う。

「城付近の街が不安定になっていますね」

ふたりに軽く頷いてみせてから視線を戻し、頭を下げているエリオットに声をかけた。彼が自らすべてを打ち明けられないのなら、多少強引にでもこちらから聞き出してみなが納得する方法を提示するしかない。

「私には、犯罪に厳しい王の膝元にある街の雰囲気ではないように感じられました。モンペリエ王の意識は戻られたのですか」

有樹の言葉にエリオットは、はっとしたように顔を上げた。正直に述べるべきか伏せるべきか悩んでいるらしく、いくらかのあいだ口を閉ざしたまま有樹をじっと見たのちに、最終的には隠しきれるものではないと観念したのか首を横に振る。

「……いいえ。王はいまだ意識不明の状態です。ララファスに触れさせても四六時中そばに置いても、目を覚ます様子はありません。ララファスはラガリアの地にないと能力を発揮できないのか、彼の意思で救う相手を選ぶのか。いずれにせよ悪事では王を助けられないということでしょうか」

「そうではありません。ララファスが力を発揮するためには、我が国ラガリアでしか採取できない希少な鉱物を摂取する必要があるのです」

ではは今度はこちらが話をする番かと、消沈しているエリオットに説明した。他言無用であるララファスの情報を他国へ洩らすのは、いくら王族といえど許される行為ではない。それでも、スリを働かざるをえなかった兄弟を助けたとき同様、この世界に生きるひとりの人間としてこうするのが最善だと判断したのだ。

「我々はその鉱物をラゼナイトと呼んでいます。ララファスのみを連れ回したところでラゼナイトがなければ、彼はなにをも救えません。のみならず、彼自身も衰弱し命を落としてしまいます」

「……その鉱物がないと、ララファス自身も死んでしまうのですか？」

「ええ、そうです。ラゼナイトを与え続けないと、我が国の宝であるララファスは一か月で死ぬ。だからこそ、私たちは彼を取り戻すためにここへ来たのです」

有樹の言葉にエリオットは悲痛な表情をして黙り込んだ。自身がラガリア城からララファスを盗み出したのは二十日以上前、一か月で死んでしまうなら残された猶予は十日もない。馬車を使うなり馬を走らせるなりし急ぎ彼をラガリア城まで返しにいったとして、ラガリアにしかない鉱物を与えるのに間にあうのか、おそらくは頭の中でそんな計算をしているのだと思う。

エリオットはララファスに、ひいてはラガリアに対し、自身が考えていた以上の悪行をなしていたのだとようやく理解したのだ。そして、おのれはともかくララファスだけは助けなければならないと考えているのだろう。次第に焦りの色を濃くするエリオットの様子からそれは察せられたので、鞄からラゼナイトの入った革袋を取り出しこう告げた。

「ラゼナイトを持参しています。ですから、これを使い貴国の王を助けましょう。ラゼナイトがあればラガリアの地になくともララファスは力を発揮できます」

ララファスの力を借りるか否かの決定権は、基本的には王族にしかないため、この場でその判断ができるのは有樹だけだ。だからこそいま自分は、目の前にある選択肢のうち最もよいものを選ばなければならない。その責任の重さは把握したうえでの発言だった。

有樹のセリフに、エリオットは大きく目を見張った。掠れた声を絞り出し「しかし私は」と言った彼に、恩着せがましくならぬようなるべく淡々と告げる。

「あなたの行動は決して褒められたものではありませんが、国王のために身を捧げる覚悟には感心させられました。やむにやまれぬ事情があったことも理解できます。ラガリアにとってモンペリエはよい関係を築いてきた友なる国ですので、このようなときにこそ我が国の宝の力を使いましょう。これは、私の意思です」

エリオットはしばらくのあいだまじまじと有樹を見つめていた。それからいままで以上に深く頭を下げ、心底からの感謝が伝わってくる口調で「ありがとうございます」と礼を言った。

彼とのやりとりが破綻なく着地したことに内心ほっとし、密かに吐息を洩らした。話としては筋書き通りだ。この調子であれば、『ラガリア物語』は自分が立てていたプロットのエンドまで問題なく進行するだろう。

モンペリエ王の病は、ラゼナイトを与えられたララファスの力で瞬く間に完治した。エリオットと対話したのちすぐのことだから、有樹がモンペリエ城についてから一時間ほどしかたっていない。

王が意識を取り戻したという知らせを受けて、城の中に充満していたよどみは、まるで清らかな風に連れ去られたかのごとく消えた。飾られた花々も、美しい絵が描かれた壁や天井までもがよろこんでいるように感じられる。

先ほどエリオットは、王がいてこそ成り立つモンペリエ、といった言葉で国や国の長を表現したが、その通りこの大国にとって王は不可欠な存在なのだろう。以前のように王が民の前や外交の場に姿を見せるようになれば、近辺の街に忍び寄っていた不穏な空気も一掃されるに違いない。

目を覚ました王は身なりを整えたのち、エリオットに案内された一室に控えていた有樹たちの前へ改めて姿を現した。使用人を下げてドアを閉め、モンペリエの長とエリオット、それから有樹たち三人だけとなった部屋で、椅子から立ちあがり頭を下げる客人に座るよう促し、自身も向かいに腰かけて口を開く。

「内々に問題解決を図ってくれたラガリア王、寛大な対応をしてくれたユリアス王子に改めて感謝を示したい。私がいまここにいられるのもラガリアの、なにより王子のおかげだ。ありがとう」

「私は自らの意思でラファスの力をお貸ししただけですので、そのようなお言葉はもったいないです」

「王子は私にとって命の恩人だ、幾重にも礼を言う。そして、深く謝罪する。いまさらなにをしたところで貴国への詫びにはならないかもしれないが」

王はそこでいったん言葉を切り、少しのあいだ黙ったのち、ひどく難しい顔をして有樹を見つめ続けた。

「まず、貴国の宝を卑怯《ひきょう》な手段で盗んだエリオットについては、貴国の法に則《のっと》り厳罰に処する。次に、私も責任を取り継承者にあとを任せ玉座を下りる」

「王。お待ちください。そのようなことはラガリアとしても望みません」

プロットを作りながら想像していたよりはるかに深刻な王の表情に慌てて口を挟んでも、彼は重々しく首を横に振り、「それが我が国としてのけじめだ」と告げるだけで考えを変える気はないようだった。さすが、犯罪に対しては非常に厳しいと評される王だ。おのれに対してもその厳格な姿勢は崩さないらしいと密かに感心する。

とはいえ、物語の作者、またラガリアの王族として、このなりゆきを黙って見届けているだけというわけにはいかないだろう。大事にはしたくないからと身分を隠してモンペリエを訪れたのに、使者への処罰、ましてや王の退位などといった事態になれば自分がここにいる意味がない。

どうすれば王の決意を翻せるのか、しばらくのあいだ無言で思案してから慎重に言った。

「エリオット殿の行動は王と自国を思い、追い詰められていたがゆえのものでしょう。確かに強引ではありましたが、ラファスの存在を知っていれば縋《すが》りたくなる気持ちが湧くのも理解できます。それに、王は病床にあり今回の件についてなにもご存じではなかったのですよ」

「言い訳にしかならぬだろう。いずれにせよ悪事をなしたことは事実だ」

「……では、王にお願いいたします。今後もモンペリエとラガリアとのあいだにある良好な関係を保つため、玉座についていてください。エリオット殿は王の補佐をし、それを我が国に対する誠意としてください。いまあなたがたが椅子を降りれば、他の誰でもなくあなたがたとの信頼を築いてきた我が国が困ります」

有樹のセリフに王ははっとしたような表情になり、いったん背後に立っているエリオットに目をやってから正面へ視線を戻した。ここで権力を放棄することこそ無責任だ、とやんわり指摘されて、確かにその通りだと気づいたのだろう。

自分の声をおのが耳で聞き、さすがに無遠慮すぎる言い分だったかと内心ひやひやしつつ、同じ口調でさらに告げた。

「我が国としては、ララファスを無事にラガリアへ連れ帰ればそれでいいのです。エリオット殿に悪意があったわけではないこともわかりました。今後は困り事がありましたら遠慮なくご相談ください、可能な限り力になりましょう。もちろん、ララファスの存在については私たちだけの秘密ですよ」

最後に僅かばかり笑みを浮かべてみせると、王はほっとしたのか眉を開き、再度「ありがとう」と礼を述べた。大国の長でありながらおごることのない彼の態度に、なるほど王として民に慕われるのも頷けると納得する。

その後、時間も遅いので城に一泊するよう求められ、確かにいまから街で宿を探すのも苦労しそうだと素直に甘えることにした。客間へ通される前に、改めて礼はするがまずは旅の疲れを癒やしてくれと、食堂に案内され料理をふるまわれる。

壁際に上等な調度品が並ぶ広々とした食事の場で贅沢な食卓に着いたのは、モンペリエ王とその妃《きさき》、所用で留守にしているという第一王子のかわりに第一王女、それから客人である有樹とふたりの騎士だった。自国の配下だからということか、エリオットは会食には加わらず、王の後ろに立ち無言で控えている。

「今回の旅でユリアス様は、本当に頼りになる立派な王子へと成長されましたね。あなたに仕えられることを誇りに思います」

なんとか丸く収まったと安堵していたら、使用人が木皿へ料理を取りわけているあいだに、隣に座っているアルヴィアから小声でそう告げられたので、今度はなんだか照れくさくなって表情に困った。無視をするのもおかしいし、とはいえこんなところで顔を真っ赤にするわけにもいかないので、湧いた面映《おもは》ゆさは胸の奥に隠し小さくひとつ頷いておく。

いつか彼から、立派に成長していて頼もしい、なんて褒められたことはあったが、誇りに思うとまでは言われなかった。自分がラガリア国の騎士である彼にとって自慢の王子になれているのなら単純に嬉しい。

王やその家族と、あえて政治には無関係なとりとめのない話をしながら食事を取った。ラファスの一件が決着し両者ともに安心したのか、食堂には先ほど向かいあった一室とは違う和やかな空気が充ちていて、この城は本来こうした明るく居心地のよい場所なのだと肌でわかった。

「父の笑顔を見るのはひさしぶりです」

食事の合間に第一王女が嬉しそうに笑って有樹に話しかけた。見る限り有樹よりひとつふたつ年下で、仕立てのよいドレスを身にまとっている。

「ユリアス様にはなんとお礼を申しあげればいいのかわかりません。父がいまこの場で笑っていられるのは、すべてユリアス様のおかげです」

「どうぞお気になさらないでください。私は私の意思で、できることをしただけですよ。王が回復されて私も嬉しいかぎりです」

物静かな王妃とは対称的に、人懐こい笑みを浮かべてよく喋る可愛らしいお姫様へ、あたりさわりのない言葉と笑顔を返した。ララファスについては、現在その存在を知っている王とエリオット以外の人間には伏せるべきだ、と思うとこの程度の曖昧な返事しかできない。

それを慎み深くて好ましい態度だと感じたのか、王女はうっとりしたような目で有樹を見つめて言った。

「ユリアス様は心優しい王子様なのですね。私はあなたのようなかたにはじめてお会いしました。憧れます」

彼女の眼差しと情熱的なセリフに少しばかり驚き、慌てて答えた。

「とんでもない。困っているひとを助けたいと思い、行動するのは当たり前のことです」

「いいえ、当たり前ではないでしょう。誰にでもできることではありません。ユリアス様はご立派なおかたです」

「そうよいものではないですよ。私はいつでも、ただ自身の心に正直に従っているだけですので」

半ば困惑しつつ言葉を重ねるごとに、王女の瞳に映る自分への好意が強くなっているようで、ますますの焦りを覚えた。年下の女性にそんなふうに褒められても、なんと返せば正解なのかわからない。

そこではっと、ようやく自分が作ったプロットの流れを思い出した。これは安アパートで自分が練っていたままの展開なのだ。ふたつの国の関係に亀裂が入らないよう、加えて悪意なきものが必要以上に傷つかないよう話を運ばなくてはと必死になっていたせいで、またそれらがうまく着地したことに安堵して、すっかり忘れていた。

モンペリエを訪れたユリアスに王女が好感を抱くのは想定通りであり、そうした意味では現在『ラガリア物語』は順調に進行しているといっていい。可愛らしいモンペリエのお姫様は、父親である王を助けたユリアス王子と互いにひと目で恋に落ち、婚姻の約束を交わして両国の関係は盤石になる、というのが有樹が考えた大まかな物語の筋だった。

つまりこの話は、大人になったユリアス王子がモンペリエを旅しラファスの事件を無事解決して、誰にも認められる立派な王族の一員となりました。さらには伴侶となる女性にも出会えました、めでたしめでたしと締める予定になっているのだ。

しかし、それでいいのだろうか。

「ユリアス様にお会いできて、とても嬉しいです」

食後、みなが席を立ったところで、声色に熱を含ませ王女が有樹に告げた。

「あなたのようなお優しいかたのおそばにいられたら、私はきっとしあわせになれるでしょう」

なかなかストレートな言い分に、どう答えればいいのだと懸命に考えた。彼女同様こちらも好意を示し、ふたりきりでもっと話をしませんかとでも誘えばプロット通りになるのかもしれないが、いまその手を取るのは自分の感情にフィットしない行為だと思う。

自身の心に正直に従っているだけ、なんて言っておきながら、ここで気持ちに添わない行動を取るのは、おかしくはないか？

これまでの道のりで起こったあれこれに、話の結末が筋書き通りになるようすんなり対応できたのは、その行動が自分の心を裏切っていなかったからだ。いつどの場面でも、おのが感情に嘘をつかず動いてきた。

そして、プロットや頭の中で組み立てていた筋書きにはない、アルヴィアとの接触に覚えたときめきもまた、嘘偽りない自分の感情なのだ。惹かれている恋をしていると囁かれ、キスまでされて、そのときめきの正体が初恋なのだと自覚した。

ならば、いまここで自分はどうしたらいいのだと思い悩むまでもないのではないか。口に出した通りおのが心に正直であるために、他のなにでもなくはじめての恋をしっかり握りしめているべきだ。

だから、王女からの求愛には応えられない。

アルヴィアへの思いを貫くために王女の手を退けるという行動が、プロットに沿っていないことは当然理解していた。ここでお姫様と恋を語らねば、物語のラストが考えていたようには締まらなくなる。

それでも、自分の心を裏切ることはできない。自分にとってこの世界は、すでに単なる小説の一作ではなくなっているのだ。

自分はここに生きるものとして、『ラガリア物語』の世界を、大事にしたい。鉛筆で綴るのでもなくキーボードで打つのでもなく、この世界の空気を吸い料理を食べ、街並みに見蕩れて人々のあたたかさに触れ、物語を感じていたい。

そうして生まれた感情がプロットと異なるというのなら、優先すべきは胸に湧く素直な気持ちだ。

この王女とのひと幕をアルヴィアはどう考えているのかとちらと横に目をやったら、じっと有樹を見ていたらしい彼と一瞬だけ視線が絡みあい、すぐにそらされた。彼がロイーズを促し、有樹に目を戻すことなく広い食堂の端へ歩いていったのは、場の空気を読んで王族たちと距離を取ったということかもしれない。

次にそっと視線を向けたモンペリエ王は、隣に立つ王妃とともに、優しい眼差しで有樹と王女を見守っていた。彼にとって有樹は友好国の王子であり、さらには、自身の命を救ってくれた人物でもある。だからこそ、娘の胸に生まれた恋心の相手がその恩人なのであれば、口出しする必要はないと判断したのだろう。

こんな状況に置かれたら下手な言葉は選べない。なんともいえない圧力を感じつつも、それが誠意だとせめて真っ直ぐに王女を見つめて、しばらく無言でいたあいだに考えついたもののうち、最も穏やかであろうセリフを口に出した。

「私は、あなたに相応しい男ではありません」

なにかしらの答えが返ってくる前に王女に一礼し、彼女や王たちの表情は確認せずに「それでは失礼いたします」と短く告げ、アルヴィアとロイーズを連れてエリオットの案内に従い客間へ向かった。

花々の飾られた廊下を歩きながら、ついいましがたの言動は正しかったろうかとおのが胸のうちに訊き、これでいいのだと自分で返事をする。

この世界を創造主として導きプロット通りに完結させなければと考え動いてきたが、すでにユリアス王子とアルヴィア小隊長の関係は筋書きに沿ってはいないのだ。しかしそこには嘘はない。彼に触れて感じる胸の高鳴りは、紛れもなく本物だ。

それを無理やり追い払ってまで、机上《きじょう》で考えた想定に従うのが、唯一の正しいやりかたであるとは思えない。

『ラガリア物語』はもう著者の手を離れ、おのが物語を紡ぎはじめている。自分の手は神ではなくこの世界で生きているものの手であり、そしてアルヴィアをはじめとする人々も、自分が生み出した登場人物なんて薄っぺらい存在ではなく、身体と心を持ちここで生きている人間だ。

みなが生きている以上は物語も生きている。生きているのだから変化もし、ゆえに想定に沿わなくなることもある。なにがなんでもプロットを遵守し計画通りの行動をすればいいというものではない。むしろ、変化を受け入れ、どうするのが自分にとって一番最善なのかを考えるべきだ。

自分は本物のユリアスではないのだから、アルヴィアからの恋情を受け取るのに相応しい存在ではない、彼を騙しているようで申し訳ないというもやもやとした気持ちは依然として胸にあった。なのにこんなに好きになってしまった。危なっかしいながらもいままでは大きく筋を外さぬよう努めてきたプロットを、この手で破り捨てるくらいに、好きになった。

葛藤を覚えるのは思いが強いからこそだろう。想定外だ、相応しくないのだとおのれに言い聞かせても消えないほどの恋心が胸にあるのなら、なによりそれを大事にしたい。


エリオットに案内された客間でナイトシャツに着替え、ベッドに腰かけてひと息ついていると、しばしばそうであるようにアルヴィアが有樹の部屋を訪れた。いつもの彼であれば、先刻の王に関する有樹の対応について是なり非なり述べにくるだろう、と予想していた通りだ。

軽いノックに「入ってくれ」と応じた有樹の声に従い、部屋へ足を踏み入れたアルヴィアは、しかし普段とはいくらか違う雰囲気をまとっていた。マントは脱いで、シャツにボトム、ブーツと見慣れた姿だったが、常なら優しく穏やかな眼差しに、なぜかいまは僅かばかり深刻な色を宿している。

どうしたのだろう。王子として自分はなにかおかしなことをしたろうか、だから苦言を呈しにきたのかと先ほどまでの言動を思い返していたら、彼は後ろ手に閉めたドアの前に立ったまま、そんな想像の斜め上のセリフを口に出し複雑な笑みを見せた。

「綺麗な王女様でしたね。おふたりでもう少し話をされてもいいのでは？」

アルヴィアの発言に、この男は自分が王女の好意を退けた事実を把握していないのだと理解した。あのとき彼は一瞬絡みあった視線をそらし、有樹に背を向け距離を取ったから、自分の声が聞こえていなかったのだとしても不思議ではない。

だからそんな顔をして、いつでも強気に有樹へ手を伸ばす彼らしくない言葉を声にするのだ。

場の空気を読んで王族たちから離れたのだと考えていたが、彼にはあるいは、大切な王子が王女からの求愛に応える姿を見たくない、といった気持ちもあったのかもしれない。王子に対する思いがどれだけ強くても、彼は王族ふたりのあいだに割って入ることはできないだろう。誰かに制されるというのではなく、おのが立場をわきまえているからだ。

いくら好きだとはいえ自身は同性の騎士だから、王子には相応しくない。それでも好意を消し去れない。自分の胸に葛藤があるのと同様に、彼の心にもそういった引っかかりがあるのではないか？

右へ左へと揺れるもやもやした感情は、自分も知る通り苦しいものだ。そんな感情がいま彼に、こうも複雑な表情をさせているのではないか。

「……おれはその、いま、はじめての恋をしているんだ」

ならばまず彼の誤解を解いて自分の思いを示さなければならないと、不器用ながらも告げると、どこかさみしそうに返された。

「そうですか。モンペリエの王女でしたらあなたに相応しいかたでしょう」

アルヴィアが、自分が可愛らしいお姫様の手を取ったと勘違いしたままであるのは理解できた。どこまで自分は言葉足らずなのだと焦りを感じ、必死に次のセリフを探す。

王女の好意を受け取れないほどに、自分はアルヴィアが好きなのだ。この思いが少しも伝えられないなんて、自分がもどかしい。

とはいえなにを言えばいいのだ？　散々悩んでから、考えついたセリフをなんとか口に出した。

「……そうじゃない。おれが恋をしているのは、このあいだ宿屋でキスをした、ラガリアの騎士だ。相手がどこの国のどんな立場にある人間か考えてから恋に落ちる、なんて器用な真似はおれにはできない」

アルヴィアは有樹の発した言葉に、これもまたらしくないほどあからさまに驚きを面にした。軽いキスひとつで硬直してしまうような恋愛に不慣れな王子が、ここまではっきりとアルヴィアに対する恋情を声にしたことが余程意外だったのだろう。

それから彼は、珍しくも幾ばくかの緊張をうかがわせる表情で有樹に問うた。

「私はただの一騎士です。どれだけ惹かれていてもあなたには相応しくない、王女の姿を見てその事実を思い知りました。あるいは、私には王子と恋を語る資格はないのかもしれません。だから距離を置こうと自身に言い聞かせているのに、あなたは踏み込んでくる。そんなことを言って後悔しませんか？　撤回するならいましかないですよ、あなたが拒まないのなら私はもう引きません」

「……後悔しないし撤回もしないよ。君といるとすごくどきどきするから、きっとこれが恋なんだと思ってる。相応しくないとか資格はないとか、そういうのが引っかかっても、恋心って消えないじゃないか」

つられるように湧きあがる緊張をのみ込み、飾る余裕もなくただ正直な気持ちを告げると、彼はそこで左手を上げててのひらで目のあたりを覆い、ふ、とひとつ小さな吐息を洩らした。嬉しさゆえなのか覚悟を決めたためなのか、思わず零れたといった様子の吐息が意味するところは正確には把握できなかったにせよ、もう引きません、というセリフが本気であることは、顔を隠す手を下ろした彼が次に浮かべた表情からはっきりと伝わってきた。

翠色の瞳をきらめかせ、過去には目にしたことがないほど色気のある笑みを浮かべた彼に、つい息を詰めた。美しい男であることは承知していたはずなのに、いまさらながらに見蕩れてしまう。

葛藤があっても恋情は消えない、ならばおのれに正直であろう。彼は有樹の言葉を聞き、そう決意したのだと思う。

アルヴィアは、ドアを閉めたその場から動かず立っていた足をようやく踏み出し、ベッドに腰かけている有樹の前で止まった。身を屈めた彼に両手を頬へ添えられ、このシチュエーションは知っている、数日前に宿屋でもこんなふうにされたと思い出し、途端に胸が高鳴りはじめる。

あのときは、唇を重ねられた。では今日は？

「ならばもう一度キスをしましょう。なにがあっても消えない恋心をあなたに知らしめたい」

間近に顔を寄せられても頬に置かれた手を払うどころか、視線を外すことさえもできなかった。アルヴィアを部屋へ入れ洒落気《しゃれっけ》のない言葉ではじめて覚えた恋情を告げ、もしかしたら自分は無意識にもこうなることを期待していたのかもしれないと、吐息が触れる距離で目を覗き込まれてろくに瞬きもできぬまま考える。

「おれは」

「好きですよ」

なにを言えばいいのか思いつく前に慌てて口を開いたら、そんなシンプルなひと言で遮られ、そのあとすぐに唇を塞がれた。数日前に知ったあたたかくて少し乾いた彼の唇が触れ、緊張で引きつっている唇を優しくついばまれて、二度目の行為であるにもかかわらず慣れるどころかますます心臓がうるさく鼓動する。

「ん……っ、う」

しばらくのあいだそうして触れるだけのキスを続けたあとに、不意にぬるりと舌を差し込まれたので意図せぬ声が零れた。肌を下から上へ撫でられるような、経験のない感覚がぞくりと這いあがってくる。

相手が抵抗しない、というよりできない様子を見て取ったのか、少し待ったあとアルヴィアは特に遠慮もなく有樹の口の中に舌を這わせはじめた。

「あ、は……、や」

口蓋や舌の裏をじっくりと舐《な》められ、これもまた知らない快感の火種が生まれて狼狽のあまり拒否に近い声を洩らしても、彼はくちづけを解こうとはしなかった。有樹がうろたえているだけだと把握しているからだとは思う。

どこを刺激すればどう反応するのか、なにをすれば相手がよろこぶのか。睫《まつげ》さえ数えられそうな距離で自分を見つめている瞳にすっかり見透かされているようで動揺し、咄嗟にぎゅっと目を瞑った。

物好きな女性に迫られ、逃げきれずに一度こういった行為をしたことはあったが、あんなのは本物のキスではなかったのだと、器用に快楽を探り当てていくアルヴィアの舌先に教えられる。

こんなふうに感じるのは、自分こそがキスの相手に好意を抱いているからなのだろう。誰かの舌を受け入れるのは気持ちがいいだとか唾液がおいしいだとか、嘘のない恋をしていなければ思うわけがない。

ああ、いま自分は好きな男と唇を重ねているのだ、口の中に舌を入れられてよろこんでいるのだ、とくらくらしはじめた頭で改めて認識したら、密かに忍び寄っていた興奮が全身に広がった。

くちづけをしたくらいでこうも高ぶっているなんて恥ずかしいから気づかれたくないと、必死に声を殺しはしたものの、粘膜を触れあわせている以上は当然隠せてはいなかったろう。たっぷりと時間をかけてキスを味わっていたアルヴィアは、相手の身体から力が抜ける頃合いを見計らってようやく唇と頬に添えていたてのひらを離し、目を開けた有樹がほっと息をつく前に、今度はその手をナイトシャツに伸ばしてきた。

「……アル」

「大丈夫、怖いことはしませんよ。それとも逃げますか？」

怯みからつい名を呼んだ有樹に甘ったるく笑いかけて、ボタンをひとつ、ふたつと外しながらアルヴィアがそう言った。一応問う形にはなっているものの、彼は有樹が逃げ出すとはこれっぽっちも考えていないに違いない。そんな、相手の心の奥底まで見通すような目をしていると思う。

アルヴィアはまだきちんと服を着ているが、こちらは頼りないナイトシャツ一枚身につけただけでベッドに腰かけているのだから、さすがに少々身構えはする。しかし、丁寧にシャツをはだけていく彼の手に嫌悪も明確な恐怖も湧かなかったのは事実だった。

ならばここで怖じ気づいて、はい逃げますと答えるわけにもいかないか。なにせ自分はついいましがた、初恋をしている相手は君だというような意味の言葉を告げたばかりなのだ。

小さく首を横に振って逃げないと示すと、アルヴィアは満足そうに目を細め、座っている有樹のすぐそばに左の手と膝をついた。ベッドが軋む微かな音と服越しに触れる体温にぴくりと肩が揺れる。

「私のことが好きですか」

いまさら訊く必要もないだろう問いを耳もとに囁かれても、緊張と、この男の身体はあたたかいのだ、という当たり前の事実を再確認し妙な感動を覚えたせいで声が出ず、頷いて返すので精一杯だった。アルヴィアはそんな有樹にくすりと笑い、いっとき動きを止めていた右手でナイトシャツのボタンを器用にすべて外した。

素肌が空気に直接触れても、寒いとも感じなかった。もはやなにが理由なのかもわからない高ぶりを覚え、逆に熱いくらいだ。

「好きですよ。あなたが好きです」

「あ、ちょっと……、待って、くれ。は……っ」

キスの前に告げられたのと同じ言葉を吹き込まれ、そのまま耳を舐められたので、動揺から小さく制止の声を洩らした。しかしアルヴィアは従うつもりはないらしく、舌先で丁寧に耳を擽《くすぐ》りながら片手で有樹の素肌に触れた。

「あぁ……、なにこれ……っ、駄目だ、アル……っ」

やけに大きく聞こえるぴちゃぴちゃと唾液が鳴る音と、絶妙な力加減で首から胸へと撫でていくてのひらの感触に、自分でもそうとわかる快感の声が零れた。たったそれだけの愛撫《あいぶ》なのに一瞬で身体が目覚め、腰のあたりからぞくぞくとさらなる興奮がこみあげてくる。

「だから、大丈夫ですよ。あなたを気持ちよくさせたいだけなので、素直に酔ってください」

「や……、あっ、おれ、こんな、ふうに、なったこと、ない……、知らな、い、から……っ、はぁっ、駄目」

「ならば私で知ってください。そうも可愛らしい声を出して、駄目もなにもないでしょう」

勝手に上がる息を抑えられず喘《あえ》ぎ交じりに言うと、ふふ、と色めいた笑い声を聞かせた彼にそんなセリフを告げられ、それから優しく首へキスをされてふるりと震えた。彼の長いプラチナブロンドが肌に触れるくすぐったさすらも快感に置換され、その自分に困惑する。

おかしい。自分はこんなにも簡単に、性的な高ぶりを覚える男だったろうか。おのが手で処理したり強引に求められたりしたことはあれ、基本的には誰かに触れるのも触れられるのも苦手で、できる限りこうした行為を遠ざけてきた。なのに、アルヴィアが相手であればあっというまに身体に火がついてしまう。

有樹が感じている惑いを察したのか、アルヴィアは脇腹のあたりを撫でていた手を胸に戻し指先で乳首に触れた。やや強い力で擦られ、それからきゅっと摘《つま》まれてびくりと身体が揺れる。

「あ……！　やめ、て、これ、へんだ。は、あ……っ」

それまでより鮮やかな、経験のない快楽が生まれて思わず高い声を上げた。そんな場所を愛撫されて自分はこうも気持ちよくなるのかという怯《おび》えにも似た狼狽は、先ほど覚えた困惑とともに、時間をかけてじっくりとこね回されているうちに頭の中から消えていく。

「ここ、健気《けなげ》に硬くなっていますよ。可愛いですね」

散々愛撫されて全身が汗ばんできたころに、アルヴィアはようやく乳首から手を離した。そののち、シーツを摑んでいた有樹が指の力を緩める前に、今度はなんの躊躇《ちゅうちょ》もなく下着の上から性器に触れた。

「あ、待て、は……っ、さわ、ら、ないで……っ、あっ」

「ここも硬くなっていますね」

ゆっくりと撫でられ掠れた声で主張はしたが、それを聞き流し楽しげに言ったアルヴィアに、これもまた遠慮なく下着を下ろされた。いつのまにか伏せていた瞼をなんとか上げ、視線をやった自分の

性器は、アルヴィアの手に握られ確かに勃《た》ちあがっており、いやになるほど生々しくいやらしいものとして目に映る。

「うあ、アルヴィア……っ、手、動かさない、で、くれ……、あぁ、駄目だ」

ゆるゆると擦られてうわずった声を上げても、やはりアルヴィアは聞き入れてはくれなかった。単調に有樹の性器を擦りながら、耳もとで囁く。

「ユリアス様。私のことが、好きですか？」

これまでとは較べものにならない直接的な刺激に息を乱しつつ、さっきもそんなふうに訊かれたなと思い出しはした。とはいえまともに答えられる状態ではない。あっというまに近づいてくる絶頂の予感にさらに強くシーツを握りしめ、一度は開けた目を再度ぎゅっと瞑り、駄目だとくり返すこともできずに波にのまれる瞬間を待つ。

触らないで、手を動かさないでと言ったところで、いま自分を愛撫しているのははじめて恋をした男なのだ。だからこそこみあげてくる快感を否定はできないし、こうなるともう言葉だけの拒否にも意味はない。

そのまま解放まで導いてくれるのかと思っていたのに、アルヴィアはなかなか決定的な刺激を与えてくれなかった。相手を追いあげる意図のない、優しく扱《しご》くだけのてのひらに、身体の中に渦を巻くような熱が溜《た》まっていく。

短く喘ぎながら、他にはどうしようもなく、しばらくのあいだはそんな緩くて中途半端な愛撫をただ受け入れていた。しかしそのうちに、徐々に理性が薄れていくのが自分でもわかった。

焦《じ》れったい。すぐそこに愉悦をたたえた海があって、ちょっとでも背中を押してくれれば飛び込めるのに、彼の手にはその気配もない。この男は自分が背中を押してくれと口に出して頼むまで、ずっとこのまま優しく撫で続けるつもりなのだろうか。

普段の自分であれば、それでも無理やり耐えたと思う。性的快楽を与えてくださいと自分から誰かにねだるなんて、そんなみだりがましくてみっともない真似ができるはずはない。だが、理性の薄れつつある意識はいつしかそれをみっともないと認識もしなくなり、結局は勝手に濡れる声で自ら乞うた。

「は、あ、もう……っ。ああ、たの、む、から、いかせて……、これ、無理……っ」

アルヴィアは有樹の哀願に嬉しそうにくすくす笑い、同じ問いをくり返した。

「私はあなたが好きです。あなたは私のことが好きですか？　教えてください。あなたの口からちゃんと伝えてほしいです」

先刻、アルヴィアに思いを告げたはずなのに、彼はあんな曖昧なセリフでは満足しないらしいということはわかった。ストレートに好きだと言うのもなんだか恥ずかしくて、あのときは口にしなかったが、いきたい、出したい、という欲に充たされた頭では羞恥心を覚える余裕もなく、促されるままに本心を舌足らずな声にする。

「好きだ……。きみ、が、すきだ……っ。はぁっ、アル……っ」

「ありがとう。あなたが私を好きだと言ってくれるなら、私はもう自身の気持ちを抑えません。好きですよ、ユリアス様。さあ、私の手でいってください」

「ああ……っ、や、も……、あ……！」

やわらかだった愛撫が不意に促すものに変わり、あからさまな動きで擦られてほとんど操られるように達した。きつく閉じた瞼の裏が真っ白になり、なにを考えることもできなくなる。

気持ちがいい。信じられないくらいに、ただただ気持ちがいい。恍惚《こうこつ》に溺《おぼ》れながら、そんな純粋な愉悦を噛みしめた。

びくびくと身体を震わせ射精する有樹の性器を、興奮が去るまで丁寧に扱き、アルヴィアはそっと手を離した。額に軽くキスをされて、まだちっとも落ち着かない呼吸を持てあましつつ瞼を上げたら、懐から取り出したハンカチで汚れたてのひらを拭いた彼に優しく笑いかけられたので、いやにどきりとする。

「あなたに触れられて嬉しいです。あなたが気持ちよくなってくれたなら、もっと嬉しい。どうですか？」

間近に顔を覗き込まれて今度はそう訊ねられ、彼が嬉しいと言うのであれば自分だって嬉しいのだと伝えなくてはと、まだ熱の冷めない思考を中途半端に働かせ素直に答えた。

「きもち、よかった」

「相手が私だから？」

「……そうだ。アルだから、気持ちよかった。……おれも、うれしい」

口に出してから、その通りだ、自分に触れていたのが彼だったからこそ強い快楽に襲われたのだ、と自覚した。一度だけ女性に触れられたこともあったが、あのときは動揺と拒否感が湧くばかりで反応すらしなかったし、心もすかすかに渇くだけだった。きっと他の誰に手を伸ばされたって同じなのだろう。

悦楽に身を任せたあと、こうして嬉しさで胸がいっぱいになるのも、自分が彼に確かに恋をしている証拠だ。

アルヴィアは有樹の返答に笑みを深めて頷き、ナイトシャツのボタンを丁寧に留めてから、黙って隣に腰かけ唇に触れるだけの軽く甘ったるいキスをした。特に言葉はなくても、心が安堵とあたたかさ、それから先ほどまで以上に色濃い彼への恋情で充ちていくのを感じた。

ひとは恋に落ちると、ひとりの人間に対して、こうも強い愛おしさを覚えるのか。

時々優しいキスをしながら、アルヴィアはしばらくのあいだ無言でベッドに座っていた。そののち、有樹の高揚も収まったころに腰を上げ、最後ににっこりと美しく笑い「おやすみなさい、私の大事な王子様」と告げて部屋を出ていった。

ゆっくり休む時間を与えるために有樹をひとりにさせたほうがいい、とアルヴィアは思ったのだろう。それが彼なりの気づかいなのだとしても、僅かばかりのさみしさは感じる。

ひとり取り残された客間で彼の去っていったドアを少しのあいだ見つめてから、軽い吐息を洩らしもそもそと布団に潜り込んだ。身体の火照りが静まっても心はまだ熱いままで、自分のシャツをぎゅっと握りしめては落ち着けとくり返しおのれに言い聞かせる。

初恋か。改めてその言葉を頭に呼び寄せ、湧きあがる感情に再度の小さな溜息をつく。それは甘く優しくて、ときに燃えるほど熱く、それから、複雑な味がするものだ。


うとうととするたびに、深いくちづけやその後の接触で得た快感を思い出してしまい、あまり眠れないまま朝が来た。カーテンの隙間から射し込む陽の光に寝不足の目を細めつつ着替え、王に挨拶をしてから用意された馬車に乗り込む。前部、後部の席にふたりずつ向かいあわせで座れる、四人乗りの立派な対面式馬車だ。

「すっかりいつも通りに戻ったなあ、ララファス」

ロイーズが嬉しげに言った通り、昨日姿を見たときには少々くたびれているようだったララファスは、久方ぶりにラゼナイトを与えられ今朝はいたって元気そうにしていた。元来が大人しい生き物なので飛び跳ねたり絶えず歩き回ったりはしないが、エリオットが用立てた小ぶりの籠の中で長い耳と尻尾を揺らし、ちょこちょこと可愛らしく動いている。

てのひらに乗るほど小さく、真っ白な長い被毛がふわふわしていて、見ているだけでも癒されるラララファスは、守ってやらねばとひとに思わせるようなどこか頼りない姿をしている。しかし彼は、ラゼナイトさえあれば生き抜ける非常に強いラガリアの宝物だ。

手綱を握る御者の説明によると、夜は宿に泊まるとして、十日ほどでラガリア城へつく予定とのことだった。往路に費やした日数は約二十日だから、帰路はおよそ半分の時間ですむようだ。

「明るい時間ですし、人通りも多く賑やかではありますが、やはりこのあたりの街には幾ばくか不安定な印象があるのは否めませんね」

ラララファスの籠は前部席のロイーズに預け向かいの席に座った有樹の隣で、城下町の様子を見ながらそう言ったアルヴィアに、少し考えてから返事をした。

「王が再び姿を現すようになれば街にも落ち着きが戻るのではないか。先刻最後の挨拶をした際に、モンペリエの王は、準備を整えたら以前同様先頭に立って公務にあたり、街への巡見も再開すると言っていた」

「そうですね。城周辺で感じるざわつきは、王が姿を見せなかったことによるものであり、本来モンペリエは豊かでおおらかな国のようですから」

アルヴィアが眼差しを戻し有樹と目を合わせて同意を示したので、またいくらか考えてから、半ば自分に、また半ばは彼に問うセリフを口に出した。

「我々の行動が、王のみならずモンペリエを救う一助になれていればいいのだが、どうだろうな」

「綻びはじめていたこの国は、あなたの助力をきっかけにもとの姿へ戻れるでしょう。今回の旅においてユリアス様の判断は常に最善でした。頼もしいです。いつかラゼナイトを掏り取られたときも、モンペリエ王の件についても、あなたは正しい行いをしたと私は思いますよ」

はっきりとした口調でそう返され、最後に優しく微笑まれて、嬉しくなるのと同時に心臓が大きく鼓動した。うっかりすると昨夜の出来事を思い出しそうになる自分を叱《しか》り、彼から街並みに視線を移して胸の高鳴りを抑え込む。

それでもなお、隣に座る彼の存在を強く意識しているおのれに、自分は本気でこの男に恋をしているのだと、改めて思い知らされた。

このままラガリア城に戻れば、その時点でプロットを立てていた『ラガリア物語』は完結ということになる。モンペリエの王女からの求愛に応じなかったことを除けば考えていた大筋通りだ。しかし、なぜ応じなかったのかという理由こそが、自分にとってはいまなにより重要なものになっているのは自覚できた。

アルヴィアに恋をした自分の心に正直でありたかったから、お姫様の手を取らなかった。当初の想定をくつがえしてでも、彼への思いを貫きたかった。

プロットの結末まで辿りついたからといって、この世界に本当の終止符を打ちたくはない。筋書きのない未来でも、アルヴィアとともに新たな物語を紡ぎたい。いまになってそんな願いがはっきりと形をなすのを感じた。

そのとき、向かいに座るロイーズには見えないマントの陰で、座席に置いていた手にそっとアルヴィアがてのひらを重ねてきたものだから、ついぴくりと肩を揺らしてしまった。昨日この男に口の中を舐められたり、さらには素肌に触れられ愉悦を与えられたりしたのだ。なんとか頭の中から追い出していたそんな出来事が、快感の記憶とともにありありと蘇ってくる。

密かに深呼吸をして強ばる身体から力を抜くよう努め、それでもうまく動かない指で、不器用に彼の手を軽く握り返した。そうされるとは予想していなかったのか、今度はアルヴィアが一瞬指先を緊張させるのが伝わってきて、そののちすぐにぎゅっと強く握りしめられた。

色とりどりの家々や店が並び人々が行き交う街へ顔を向けたまま、触れあうてのひらのあたたかさにうっとりと目を細める。好きだ、この男が好きだ、頭の中でくり返し彼への思いを噛みしめた。

自分は十年間ずっと大切にしたためてきたこの世界を、ひとりの生身の人間として実際に生きてみて、さらに大事に感じるようになっている。そしてなにより、ずっとアルヴィアのそばにいたいと心底から願っている。

ここから先の、プロットのないまっさらな世界の行く末まで、彼と一緒に見てみたい。

しかしそこで、自分は彼が恋を告げるべき本物のユリアス王子ではないのだ、という先日覚えた葛藤がまたじわりと胸に湧き、つい唇を噛んだ。キスだったりそれ以上だったり、彼と性的に触れあっているときにはいっとき忘れていられても、その複雑な感情は依然として胸のどこかに引っかかっている。というより、彼に対する恋情が大きくなるのに比例し膨らんでいく。

理解してもらえるかどうかはわからないが、自分がどこから来て本当はどんな人間であるのか、城に戻ったらちゃんとアルヴィアに説明しよう、馬車に揺られながら無言でそう決意した。素知らぬ顔でユリアスとして彼と恋を育てていくこともできるのかもしれない、しかしそれでは真摯に自分へ思いを寄せてくれているのだろう彼を裏切っているようだ、と考えると心のどこかがちくちくと痛くなる。

彼に、また彼との恋愛に対して誠実であるために、このままにしておいてはいけない。

【結末からの物語】

ユリアスの父親が統べるラガリアは、モンペリエに較べるととても小さな国だ。

しかし、山や谷、森の多い国土では珍しい農産物や種々の鉱石が採取されるため、経済状況は良好で国民の生活や学問に対する保障は厚い。慈愛に充ちた王のもと、よく働きよく学ぶ民が暮らす、充分に豊かな地だ。そういった国のありかた、経済力と秀でた武力は他国の首脳たちからも一目置かれ、また情が深い王の人柄も好まれて外交にも問題はない。

ラガリアでしか入手できない品を求め、あるいは美しい自然を眺めに商人や旅人が多く訪れるので、農業や林業を営むものたちにより生まれた街は、家屋ばかりでなく宿屋や飯屋でも賑わっている。モンペリエのような洒落気はなくとも、素朴な石畳や煉瓦造りの建物には親しみやすい雰囲気があり、そこも人々に愛される点かもしれない。

ラガリア城はそうした街が各所に広がる国の南に位置し、城下町へ続く北側正面以外の三方には、防衛のため山や森を残している。川で隣国と仕切られた南側の国境に近いものの、周辺国との関係はいたって友好的なので、国境を越え城に攻め入る国もなかろうと特に不安視はされていなかった。

小説の本文中で幾度もそのような説明をし、景色を想像してもいたが、馬車から実際に目にしたラガリアは頭の中で描いていたよりも魅力的な国だった。街並みや山々を望む光景はどこか懐かしく、本当に故郷へ帰ってきたようだとなぜかほっとした心地になる。

モンペリエの城を発《た》って十日ほどがすぎた午後、有樹たちを乗せた馬車は無事にラガリア南部へと辿りついた。城下町を通り城の前にとめられた馬車を降りて、御者に礼を言い「モンペリエ王とエリオット殿によろしく伝えてくれ」とつけ足して帰路につかせる。

右にアルヴィア、左にララファスの籠を手にしたロイーズを連れ先に立って城に入ると、見張りの兵や使用人たちから口々に「おかえりなさいませ」と声をかけられた。平和な国を治める王族の、みなに慕われ親しまれる第三王子。そういったユリアスの立ち位置も自分が考えた通りだが、こうして自らの感覚として肌で知ると自然と背筋が伸びる。

国土と等しく、モンペリエ城と比較すればラガリア城はこぢんまりとしたものだ。それでも、各所に施された彫刻や飾りつけられた珍しい植物の華やかさは決して負けていないと思う。

まずはララファスを彼の部屋へ連れていき、安堵の溜息をつく見張りの兵に託して、アルヴィアとロイーズを下げてから玉座の間へ向かった。状況を報告するだけなら自分ひとりで充分だろう。

王は、側近ひとりとふたりの護衛が立っている、さほど広くはない間で玉座に腰かけていた。書き綴ってきた小説の中で何度も登場させた人物だとはいえ、実際に王に会うのははじめてなので少々緊張する。

騎士たちとともに国の宝を取り戻し無事帰国した旨を報告したのちに、エリオットがララファスを盗まざるをえなかった理由を説明し、モンペリエに対する必要以上の非難は避けてほしいと有樹が進言すると、王は鷹揚《おうよう》に頷いた。

「ラガリアの宝は国に戻り、おまえもずいぶんと頼もしい顔つきになった。モンペリエ王の病も癒えたのであれば、誰を責める必要もない。今回の結果を私は満足に思う。ユリアス、ご苦労だった」

「ありがとうございます。私と、同行してくれたふたりの騎士が両国の役に立てたのならよかったです」

王のセリフにほっとして、そう告げてから頭を下げた。現在はもう想定していた『ラガリア物語』が完結したのちの世界にいて、有樹もただひとりの人間として生きているので、誰がなにを言い身のまわりや世の中がどう動くのか、まったくわからないのだ。

言葉通り心から満足してくれたらしく、王の提案で、ララファスと第三王子たちが戻った祝いに、事情を知る城のものたちで宴《うたげ》を催す運びとなった。使用人が準備を整える間にといったん私室へ戻り、旅のあいだ着ていた服を脱いで新しいものを棚から取り出す。

自然と手が伸びた白のシャツとボトム、立襟長袖のジャケットを着て、最後に金糸や銀糸の刺繍が施された華美なマントを身につけてから、この格好は自分を呼びにきた本物のユリアス王子とまったく同じだと気がついた。真っ白な衣装をまとい、改めて、自分はユリアス・ルネストルとしてここにいるのだと再認識する。

そしてこれからも、ここにいたい。

ユリアスが自分に求めていた、プロットの最後まで物語を進めきちんと完結させるという役目は、想定外の出来事はあったにせよ無事果たせたといっていいと思う。『ラガリア物語』の作者としては、これ以上なにかをする必要はないのかもしれない。しかし自分は馬車に揺られながら、エンドの先、プロットのないまっさらな世界の行く末まで、アルヴィアと一緒に見てみたいと願った。

現実世界にまったく心残りがないわけではない。『ラガリア物語』に関しては、作家としての作業はもうないし、現時点でやれるだけはやったと納得もできる。とはいえ、著者が突然いなくなってしまえば問題にはなるだろう。無責任だと糾弾されるのなら弁解の余地なくその通りだし、迷惑をかけて申し訳ないという気持ちも湧く。

だがそれよりも、自分はもうこの世界を、なによりアルヴィアを失えない。誰にそしられても、罪悪感を覚えようとも、彼のそばにいたいのだ。

だから、もとの世界には、戻らない。

改めてそう心に決め、はじめて見る私室で荷を片づけているうちに、それなりの時間がたっていたらしく使用人が迎えにきた。主役として遅れるのも悪いと、手にしていた鞄は机の上に置き使用人についていく。

今宵《こよい》の宴の会場となるのは一階にある広間のようで、王を真ん中に王族が座る椅子が前方にいくつかと、あとは山盛りの料理や酒が乗せられたテーブルがところせましと並んでいた。姿を見せた有樹にみなが頭を下げ、それから城へ戻ったとき同様、口々にあたたかい言葉をかけてくる。

王は急用で少し遅れるためはじめの仕切りはユリアスに任せる、との言付けを伝えられたので、他の王族もまだ集まっていない広間の前方に立ち、短い挨拶と今回の成果の報告をしたあと、乾杯の音頭を取った。途端にざわめき出す広間で詰め寄ってくる人々と会話を交わしつつ、ぐるりとまわりを見回すと、端のほうにアルヴィアとロイーズが立っているのが目に入った。彼らもまた有樹同様、今夜の主役らしく騎士団の面々に囲まれている。

楽しげにみなと話をしながら食事を取っているアルヴィアの姿を見て、先日も覚えた強い愛おしさを改めて感じるのと同時に、馬車で固めた決意がはっきりと蘇った。ラガリア城へ戻ったら自分が何者であるのかを彼にきちんと説明しよう、と考えていたのだ。

ほどよいところで会話を切りあげ人々の合間を縫い、騎士たちが集まっている広間の端へ歩み寄った。ここで彼らの邪魔をするのも若干気が引けるが、決心が鈍らないうちにアルヴィアへしっかり事実を語ったほうがいい、となればふたりきりになる必要がある。

「アルヴィア。君と少し話がしたい。つきあってくれないか」

仲間と談笑しているアルヴィアにそう声をかけたら、いささか驚いたといったように返された。

「ユリアス様、今夜はあなたのための宴です。どうぞ前でゆっくり皆様とお話しされてください。それともなにか急ぎのご用件でしょうか？」

「もうみな各々で楽しんでいるから、私がいっとき席を外しても問題はない。それより君に大事な話があるんだ、一緒に来てくれないか」

緊張する手で腕を摑み訴えると、アルヴィアは僅かなあいだ黙って有樹を見つめたのち「おおせのままに」と答えた。触れるてのひらから有樹の真剣な心持ちが伝わったのかもしれない。

アルヴィアを後ろに連れて、声をかけてくるものに適当な言い訳をしながら広間を抜け出し、廊下を歩いて中庭に出た。夜の中庭はひとけがなく、部屋の窓から洩れる仄《ほの》かな明かりに浮かぶ花々が綺麗で、また宴の喧噪《けんそう》も届かず静まり返っている。

「ユリアス様、どうしました？　大事な話とは？」

アルヴィアに背中から問いかけられて一瞬身体を強ばらせ、そののち、打ち明けると決めたからにはしっかり伝えようと自らを鼓舞し振り返った。

「……君に、言っておかなければならないことがある。他のひとには明かせなくても、君にだけは、ちゃんと言う。それがおれの考える誠意の第一歩だから」

「他人には秘密の事柄なら口外しませんよ、安心して話してください」

なんとか声を出すと、真っ直ぐに自分を見つめている彼が優しくそう言ったので、密かに深呼吸をして覚悟を決め、改めて口を開いた。

「……おれは、ユリアスであって、ユリアスじゃない。少なくとも、君がずっと大切に守ってきたラガリアの第三王子じゃないんだ」

有樹の言葉を聞き、アルヴィアはその美貌にわけがわからないといった表情を浮かべた。いきなりこんなことを言われたら当然の反応だろう。

もちろん、いま起こっている出来事をそう簡単に理解してもらえるとは思っていない。まずは自分が知っていることをそのまま伝えようと、黙って続きを待っているアルヴィアに告げた。

「確かにおれはユリアスだ。でもそうじゃない、おれの本当の名前は有樹だ。いや、どっちが本当かではなくて、二十年間おれは有樹だったと言うべきなのか」

口に出したセリフはひどく胡乱《うろん》で、自分が情けなくなりつい眉をひそめた。駆け出しとはいえ小説家なのに、こうもあやふやでわかりづらいセリフしか浮かばないとは、どれだけ不器用なのだ。キーボードで文字を打っては消して、納得するまで時間を使い文章を作ることはできたとしても、実際に喋って説明するのには慣れていない。

アルヴィアは無言のまま、先よりじっと有樹を見てから、ようやく声を発した。

「どういう意味です？　あなたはどこからどう見てもユリアス様ですよ。確かに以前とは少し雰囲気が異なりますが、私にとっては変わらず、この命尽きるまで守りたいと願う大切な王子です。それとも、ユキというのは我々の知らないミドルネーム？　ルネストル家でのみ通じる愛称ですか？」

「違うんだ、そうじゃない。ものすごく簡単に言うと、実はおれは作家で、つまりこの世界はおれがずっと書いてきた小説で、ああいや……これじゃ余計わからないな。要するに、多分、おれが作家としてここを書いていた世界と、おれが書いていたこの世界は、おれという点でつながっていて、その点がユリアスで、だからだな」

アルヴィアの問いに答えようと言葉を紡げば紡ぐほど、主旨がこんがらかってしどろもどろになった。正直に打ち明けようと決心したはいいものの、どうすれば理解してもらえるかが難関であるらしい。

困ったように首を傾げているアルヴィアから目をそらし、的確なセリフを探して唸っていると、そのとき広間に続くのとは逆側の廊下から「アルヴィア様！」という声が聞こえてきた。

はっと振り返ったら、先ほど玉座の間で王のそばにいた護衛のひとりが、肩で息をしながら立っているのが見えた。宴の場に姿のない小隊長を探して城の中を走り回っていたらしい。

「こんなところにいらっしゃったんですか。王がアルヴィア様とお話をされたいそうで、玉座の間へ来るようにとおっしゃっています」

「わかった、すぐに行く」

息を切らせている護衛に返事をし、「またあとで改めて」と優しく有樹に告げてからアルヴィアは中庭を去った。有樹の言わんとすることがまったくわからないといった表情をしていたが、いくら大切な王子と話をしている最中でも、王に呼ばれてしまえば従わざるをえない。

ちゃんと伝えなくては、という焦りに疑問符が交じり込んだ。旅から帰ったばかりの騎士を王が名指しで呼びつける用件とはなんだ？　宴の催されている広間ではなく玉座の間で話がしたいというからには、込み入ったものなのだろう。

少しのあいだ中庭に突っ立ったまま迷ってから、自分も玉座の間へ行ってみようかと廊下へ戻ったところで、今度は広間のほうから歩いてきたロイーズに声をかけられた。

「ユリアス様！　探しましたよ、どこにいらっしゃったんですか？　せっかくの宴なのに、主役がいないと盛りあがりませんよ。早く戻りましょう！」

「ああ……。そうだな、戻ろうか」

少しの悪気もない口ぶりに、かえって後ろめたさが湧き、素直に頷いて返しロイーズとともに広間へ向かった。自分のために開かれている宴を長々と抜け出しているのは確かに申し訳ない。とりあえずいまはみなに元気な顔を見せるのを優先し、自分の告白や王の用件については、アルヴィアが言ったようにまたあとで改めて話をすればいいだろう。

中庭から戻った広間で、しばらくのあいだ入れかわり立ちかわり寄ってくる配下と言葉を交わしつつ、軽く食事をした。玉座の間へ向かったアルヴィアが再び宴の場に現れたのは、あまりの遅さに王との話が難航しているのかと心配になってきたころだった。

人々の合間を縫って歩み寄り声をかけようとしたところで、有樹に気づいたらしくふっとこちらに視線を向けた彼が、「先ほどは申し訳ありませんでした」と中庭での会話を中断したことを詫びてから、小声でこう言った。

「……ユリアス様。私は、あなたのそばにいられないとさみしいです。あなたはどうですか？」

唐突な問いに少々びっくりした。わけがわからない。質問の意図が汲《く》み取れないのに、ただ正直にきっとさみしいだろうなと答えるのもなんだか照れくさいし、そもそも場に適さない気がする。

なにを言えばいいのだと迷い口ごもっていると、不意に広間へそれまではなかった緊張感が広がるのがわかった。みなにつられて前方に視線を向けたら、ようやく宴の場へやってきた王が、並んだ椅子の中央に座る姿が目に映った。

「ユリアス様もあちらへ行ったほうがいいでしょう。明日は朝早くから公務にあたる予定だと王から聞きましたので、先刻の話の続きは後日あなたが落ち着いてからまた改めて」

そっとそう言ってアルヴィアは広間の隅に集まる騎士たちのもとへ戻ってしまったため、追いかけるわけにもいかず、王に続いて入ってきた他の王族とともに前方の椅子へ腰かけた。王が現れたことにより、ついいましがたまで和気藹々《あいあい》としていた広間に、ぴんと張りつめたような空気が充ちていく。これでは王子がひとりの騎士と話し込むのも、ましてや場から抜け出すのも不可能だ。

王を頂点とする王族の一員として椅子に座り、礼儀正しく声をかけてくる人々と会話して、一時間ほどたったころに宴は終了となった。配下がみな頭を下げる中、先に王族が広間をあとにする。

もう一度アルヴィアをつかまえてふたりきりで話をしたかったが、続きは後日あなたが落ち着いてからまた改めて、と本人に言われてしまえば諦めるしかないか。それが、翌朝からの仕事に備えて早く休んだほうがよいという、彼なりの自分に対する気づかいなのだろうから、聞き入れないわけにもいかない。

今日のところはしかたがないと、私室へ戻りナイトシャツに着替えてベッドへ潜り込んだ。モンペリエを旅していたときのように彼がドアをノックしてくれればいいのに。夢うつつにそんな馬鹿なことを考えているうちに疲れからか身体が重くなってきて、いつのまにか泥のような眠りにのまれていた。

翌日は、朝から小雨の降り続く中、東へ西へとラガリア国内を駆け回る忙しい一日になった。

王族とはいえ第三王子であるから先頭に立って国事にあたるということはあまりないが、だからこそ、多忙な王や兄たちの手が回らない、彼らが出るほどではない会議や行事を山ほど任される。ましてや長く自国を留守にしていたあとなので、ユリアス王子に恒常的に割り振られている仕事が溜まっていたのだ。

ララファスの存在を知るのは城のものと一部の有識者のみであるから、この一か月ほど、国民に広く第三王子不在の真の理由を説明することはできなかった。いつもであれば、国の長が民の前に姿を見せる月に一度の定例式典には、他の王族とともに欠かさず現れるユリアスが、珍しく顔を出さないため心配する声も多かったという。よって、第一に人々の前へ元気な姿を見せてから、滞っていた第三王子としての職務を処理するよう王から命ぜられた。

やっと旅が終わったというのにひと息つく暇もない。早朝風呂に入り身を清め、その日にこなすべき仕事の下準備をしたのち、まずは、友好関係を強固にするための賓客としてモンペリエへ出向き無事任務を果たして帰国したという体で、ちょうどその日に城下町で行われた祭事に出席した。それから、休む間もなく馬車に揺られ、会合や視察のために国のあちこちへと出向く。

ラガリアは頭の中に描いていたイメージ通りの国だった。同時に、想像だけではわからない、明るくあたたかな人々が生み出す快い空気を肌で知り、思っていたよりはるかに居心地のよい土地だとも感じた。自分が作りあげた世界は物語の域を超え、確かに生きているのだと改めて実感する。

そうして有樹が城や城下町、主要な街を忙《せわ》しなく移動するあいだ、なぜかアルヴィアの姿は見えなかった。王族警護の役割を担い、いつもならユリアスのそばに仕える第一小隊の隊長が、国内を走り回る王子に同行しないのは珍しい。それとなく隊員に事情を訊いてはみたものの、彼らもよく知らないようで、「別件で留守にしているそうです」という返答しか得られなかった。

別件とはなんだろう、昨夜宴の合間に王から呼び出されていたことがなにか関係しているのか、と気にかかりはしても、仕事をこなすのに精一杯で王に確認する時間はなかなか取れなかった。アルヴィアの直属の部下であるロイーズさえも、小隊長が現れない理由を知らされていないらしく、問うても首を傾げるだけだ。

なんとか一日の予定をこなした夜、ようやく人心地がついた私室でベッドに潜り込んだが、昨日とは違い眠りはなかなか訪れなかった。なぜアルヴィアはいなかったのか、どうしてそれがこんなにも引っかかるのか、プロット上では物語の完結した世界にいる有樹には想像がつかない。

布団をかぶり目を閉じていると、どうしてもアルヴィアのことを思い出してしまう。頭から追い出してさっさと寝なくてはと言い聞かせてもうまくいかない。

自分はあなたのそばにいられないとさみしいが、あなたはどうか。昨夜、王に呼ばれていっとき姿を消したのち広間に戻ってきた彼から投げかけられたそんな問いが、ふと蘇った。

おれもさみしい、と胸の中でいまさら正直に返事をする。モンペリエの旅ではずっと一緒にいたから、一日顔を見ないだけでこんなふうに感じるほど、彼がいつでもすぐそばにいるのが当たり前になっていたのだ。

しかし、いま感じている引っかかりは、それだけが原因ではない気がする。いやな予感がするとでもいえばいいいか。

その翌日は、小雨の降り続いた昨日とは違いよく晴れていた。前日必死に走り回ったおかげで午後に空き時間ができたため、王と話がしたいと配下に伝言を頼むと、少しののちに玉座の間へ呼ばれた。

先日同様側近ひとりと護衛がふたりいる部屋で、有樹がアルヴィアの姿が見えない理由を訊ねたら、王は珍しく厳しい表情を浮かべこう答えた。

「ヴァレなら昨日の朝、隣国メルジューの使者とともにあちらの城へ向かうため馬でここを発った」

隣国の城へ向かうため？　まずは驚いて目を見張り、それから「なぜです？」と問うと、王は難しい顔をしたまま事情を説明した。

王によると、ラガリアの南に隣接するメルジューは現在、さらに南に位置する国リッカラドから理不尽な圧力をかけられているらしい。リッカラドは、小国ラガリアやメルジューよりはいくらか広いといった程度で、国土としてはさほど大きくはないが、他諸国を圧倒する強力な軍を持つことで知られている。

リッカラドが剣を抜けば、農業国であるメルジューは到底太刀打ちできない。よって、リッカラドに武力をちらつかされているメルジューの王は強い危機感を抱いているのだという。

「リッカラドの目的は明らかにされていない。しかし、おそらくはメルジューが産出する農産物に目をつけて、自国に有利な取り引きをするため政治的優位に立ちたいと目論《もくろ》んでいるのだろう。リッカラドの土地は農業に適さず、食料に関しては輸入頼りだ。生産国としてのメルジューに魅力を感じるのは当然ともいえる」

「……なるほど。ですが、その争いに我が国は無関係でしょう。ましてや騎士団第一小隊長がメルジューの城へ向かう理由はないはずです」

説明を聞いたところでやはり状況が把握できず、眉をひそめてそう言うと、王は有樹のセリフに今度はどこか困ったような表情を見せ「メルジュー王はラガリアの騎士団を借りたいのだそうだ」と返した。

「メルジューにはリッカラドに対抗できる武力がないため他国を頼るしかない。そうした王の要望を伝えに、護衛をひとり連れメルジューから側近が使者としてやってきたのは、一昨日《おととい》おまえがモンペリエからラガリアへ戻ったすぐあとのことだ。我が国とメルジューは貿易上長くつきあいがあるので、力を貸してほしいと懇願されれば無下には断れない」

「……つまりメルジューの王は、リッカラドの兵力から自国を守る目的で、ラガリアに騎士団を派遣するよう求めていらっしゃるのですか？」

「そうだ。とはいえ我が国は現在メルジューともリッカラドとも経済交流があるため、どちらかに加担するのではなく中立を守りたい。そもそも、内々とはいえ使者としてモンペリエ城へ向かったおまえに同行したときのような、自国のものを護衛するといった務めでもないのに、騎士団が長く国を留守にするのはラガリアの治安上問題がある」

王が語った事情は理解できるものではあったが、それでもアルヴィアが使者と一緒に隣国の城へ行かねばならない理由はわからない。しかめ面のまま短く「ならばなぜ小隊長が？」と訊ねたら、息子に詰問されていると感じたのか、王はますます困ったという顔をして続けた。

「一昨日の宴の最中に、私とメルジューの使者、騎士団長、各小隊長の代表として呼んだ第一小隊長で話しあった結果、第一小隊長がメルジューへ出向き私の意向をあちらの王へ伝えることになったのだ。私や騎士団長が行くという案も上がったが、リッカラドと対立関係に陥ったメルジューに足を踏み入れ万が一のことがあったら問題が大きいと、小隊長が自ら隣国行きを志願した」

「……なるほど」

そこまで言われてようやく、いまなにが起こっているのかを把握して、先と同じ言葉をくり返した。

要するにアルヴィアは、ラガリアは中立の立場を取るので一方への肩入れはしない、また自国の治安上の問題もあるから騎士団は貸せない、という王の考えを隣国の王へ伝えるためにメルジュー城へ向かっており、よって昨日から姿が見えないということだ。

としても納得はできない。その役目を担うべきは本当にアルヴィアなのか。

「使者としてやってきた側近は、頭の切れるいわばメルジューのブレーンだ。我が国の方針は理解しただろうが、あちらの王へラガリアの考えを正しく伝え納得してもらうためには、国のものが出向く必要がある。よって騎士団の中でも地位あるものに顔を出させるのが妥当と判断し、小隊長に任せることにした」

表情から有樹の疑問を感じ取ったのか、王は口調を言い聞かせるものに変えて説明を加えた。

「小隊長は腕が立ち、また状況を正確に把握する目も持つ有能な男だ。現在のメルジューの様子を見るためにも、つかわすならば彼が適任といえる」

「しかし」

「なおこの件については、現段階で話を大きくすればみなの動揺を招きかねないので、その場にいたものしか知らない」

最後にやや強い調子で告げられ、開きかけていた口をいったん閉じた。納得したうえで周囲のものには黙っていろという意味なのだろう。王子といえどもそれが王の意向なのであれば嚙みつくこともできない。とはいえやはり、わかりましたと頷けはしなかった。

いくら有能とはいえ一小隊の隊長でしかないアルヴィアにとって、今回の任は難しいものだと思う。他国の騎士団を呼び寄せなければならないと考えるほど、メルジューの王は焦りや危機感を覚えているわけで、そんな状態にある人物が小隊長に理を説かれても、たとえそれが正しくともそう簡単に合点するものなのか。

メルジューの王がわかってくれなければ、アルヴィアは帰ってこられないかもしれない。リッカラドとの関係がこじれているらしいメルジューの城で、自国の味方もなくひとり引き止められるのはあまりにも危険だ。メルジュー王のそばにいればリッカラドとの争いに巻き込まれる可能性もある。ラガリア王とてそれを想像できないはずはないのに、アルヴィアをかの国につかわしたのか？

「だとしても、小隊長をひとりでメルジューへ向かわせたのは、よい方法だとは思えません」

真っ直ぐに王を見たまま、言葉を選ぶ余裕もなく率直に述べた。いくら息子であれ王の判断を正面から否定するわけにもいかない、という考えは、アルヴィアになにかあったらという焦燥感と不安で薄れていた。

「おのが事情しか考えず他国の騎士団の派遣を要請するなど、メルジュー王の言い分は通常ありえないものです。かの国の王は危機感ゆえに冷静さを失い、周囲の状況が見えなくなっているのでしょう。なのに、その王との交渉をたったひとりの小隊長に任せるとは、話しあいを無駄に長引かせるだけではないですか」

「しかし他のものでは危険なのだ。表立って大勢でメルジューへ踏み入りなにかあれば、ましてやそこに王族が含まれれば、かの国とリッカラドのみならずラガリアまでもが混乱に巻き込まれる。それだけは避けねばならない。小隊長も、今回は最少人数で密かに動くべきだと理解したうえで行動している」

指摘されずとも思うところがあったのか、王は有樹を叱りつけるでもなく、ただ静かにそう言って口を閉じた。黙って眉をひそめている王の姿を認め、そこでふっと一昨日のひと幕を、はっきりと思い出した。王に呼ばれていっとき姿を消していたアルヴィアは、広間に戻ってきてから有樹に意味ありげな問いを投げかけたのだ。

――ユリアス様。私は、あなたのそばにいられないとさみしいです。あなたはどうですか？

彼のことだから、自身ひとりがメルジューへ向かうのが最善手ではないと考えはしても、王と同様他のものでは危険だと見れば隣国への使者を買って出るだろう。うまく事が運ぶ可能性は低くとも、ゼロではないならまずは自らが動くしかない。アルヴィアはそう判断したのではないか。

アルヴィアはおそらく、自身はラガリア城へはしばらくのあいだ、あるいはずっと戻れないと覚悟したからこそ、自分にあんなことを言ったのだ。さみしいけれどあなたのそばにはいられなくなる、と彼は暗に伝えたかったのだと思う。

彼はあの言葉で自分にしばしの別れを告げたつもりなのだ。

唐突な問いに驚き返事ができなかったが、もっとちゃんと彼の意図を確認すればよかったと自分に歯がみする。いまここに彼がいるなら話のしようもあるのに、もう城を発ってしまったのならなにを言ってもしかたがない。

「失礼します」

これ以上向かいあっていてもらちがあかないと、依然として厳しい表情を浮かべている王にそれだけを告げ、一礼して玉座の間をあとにした。見張りの兵のあいだを通り抜けて、廊下を歩きながら必死に思案する。

　現状で自分ができることはなんだろう。アルヴィアはすでにメルジューの地にあり、ラガリアの王は動かない。こういうときにはどうすれば事態をよい方向へ変化させられるのか。

　なりゆきを知っていれば当然アルヴィアを引き止めたのに。あるいはモンペリエへ出向いたときと同じく、王族のひとりとして行動をともにできたのに。そこまで考えてから、そうか、自分もメルジューへ行けばいいのかと思いいたった。

　ユリアスは第三王子とはいえ王族だ、そうした身分の人間がものを言えばメルジューの王も耳を傾けざるをえまい。であれば、一刻も早くアルヴィアを追いかけ、一緒にかの国の王を説得し、両者納得のうえで小隊長を連れ戻せばいいのだ。

　自分もメルジューへ行きたいと王に主張したところで、危険だと止められるだけだし、そこをなんとかと食い下がる時間が惜しい。他言無用でもある用件を誰かに相談するわけにもいかない以上は、自分ひとりでこっそりと隣国へ出向くしかないだろう。

　メルジューとリッカラドのいざこざに巻き込まれる前に、アルヴィアをこの手に取り戻さなければならない。でないと彼が言ったセリフが現実のものになってしまいかねないのだ。

いったん私室に戻り簡単に身支度をして、どこへ行くのかと訝《いぶか》しむ配下たちに適当な言い訳をしつつ、廊下を辿って城正面の階段を下りた。

メルジューの城まで行くなら馬を使うのが一番早い。まずは厩舎《きゅうしゃ》へ向かおうと扉を開けて城から出たところで、その場に立っていたロイーズに声をかけられた。

「ユリアス様、どちらへ？」

王族警護が彼の仕事なのだから、第三王子がふらふらしていればそう問うのは当然だ。さてではどうしたものか、第一小隊をごまかすのはひと苦労だなと密かに緊張する。

しかしロイーズとは、モンペリエをともに旅し、時間や空間、いくつもの出来事を共有した仲だ。立場の違いはあれど、それなりに気を許せる間柄にはなれたはずだから、なんとか躱せるかもしれない。

平静を装って馬に乗りたい旨を告げると、彼は陽気に笑って「なら、厩舎まで一緒に行きましょう」と言い、有樹の先に立って城の裏へ足を向けた。

「モンペリエの旅は楽しかったですね。あちらには一か月くらいしかいなかったのに、もっと長かったような、不思議な感じがします」

途中、ロイーズからそんなふうに話しかけられ、咄嗟に「そうだな」と返した。この世界に入り込んでからもうずいぶんと時間がすぎたように感じていたが、実際は一か月ほどしかたっていないのだと、ロイーズのセリフに改めて教えられる。

そのあいだにさまざまな経験をした。美しい街並みに見蕩れ、人々のあたたかさに触れた。

そして、アルヴィアと恋に落ちた。

「アルヴィア様も楽しかったと思いますよ」

有樹の内心を読み取ったかのようなタイミングでロイーズがそう言ったので、どきりとした。自分とともに歩き、それから唇を合わせ、この肌を撫でて、アルヴィアは楽しかったろうか？　今度はうまく相槌を打てず口ごもっていると、特になにも気にしていない様子で「アルヴィア様はユリアス様に惚《ほ》れ込んでますから」とロイーズが続けた。

「僕の知る限りずっとむかしから、アルヴィア様はユリアス様を宝物のように大事にしています。王族警護を担う第一小隊の隊長になったのだって、ユリアス様により近い立場にありたかったから、ユリアス様を自分の手で守りたかったからじゃないでしょうか」

「……そうなのか？」

「アルヴィア様のユリアス様への態度を見ていると、そんなふうに感じます。もう、ユリアス様と一緒にいるときのアルヴィア様は本当に、王子が好きで好きでしょうがないって顔をしてますよ。なにかきっかけがあったんですかね？」

有樹に訊ねているのか単に疑問に思ったのかわからないロイーズの言葉には、曖昧に首を傾げることしかできなかった。もしきっかけがあったのだとしても、ずっとむかしからと言うのなら、対象は本物のユリアス王子であって自分の関与するところではないだろう。著者校正で盛大に書き直してしまったことにより不安定になっていたこの世界では、自分の知らないどこかの時点で、ふたりのあいだになにかしらの親密なやりとりがあったのかもしれない。

アルヴィアが恋情を告げ、キスをし触れるべきは、やっぱり自分ではなくてユリアス王子なのではないか。幾度も考えてはそのたび湧いてきたもやもやとした気持ちが蘇り、じわりと意識に重い翳が広がりかけたが、頭を横に振って無理やり追い払った。いまはそんなことに囚《とら》われている場合ではない。

アルヴィアの感情がどうこうといった受け身の思考はとりあえず横に置こう。なにより自分が彼に恋をしていて、心の底から大事に思っているのだから、なにがなんでも無事にラガリアへ連れ戻さねばならないのだ。

「さて、じゃあどの子にしますか。気分転換に走らせるなら速いやつのほうが楽しいですかね？　いま馬場は誰もいませんので、僕がおともしましょう」

厩舎の扉を開けるロイーズに続くと、明るくそう問いかけられたので、つい一瞬返事に詰まったのちに「扱いやすい馬を」と答えた。どうやら王子様が気分転換に馬場で遊ぶのだと勘違いされているらしい。自分がメルジューへ出向くつもりであることなど誰にも言っていないのだから当たり前か。

ならばこのまますました顔で一頭を借り、城を出てしまおう。

「つきあってもらわなくても大丈夫だ、少しのあいだひとりにさせてくれ。城に隣接した馬場なら特に危ないこともないだろう。ロイーズ、悪いが馬場へ続く南の裏門を開けてくれないか」

「いいですよ。まあ一昨日、昨日と大勢に囲まれてましたし、ユリアス様だってひとりになりたいですよね」

「すまない、ありがとう。これは、私と君だけの内緒話だよ」

　この行動が王の耳に入れば意図を察され止められてしまうに違いないと、有樹の頼み通り一頭の馬を連れてきたロイーズに笑顔でそう告げたら、彼はどこか嬉しそうに「はい」と言って笑った。その表情に罪悪感は覚えたものの、ここで足を止めるわけにはいかないのだと自分に言い聞かせ、ロイーズが開けてくれた裏門から静まり返った馬場へ出る。

　そして、背後で門が閉まる音を聞いたのち、そっと振り返って誰も見ていないことを確認し、腹の中でロイーズに詫びつつ馬場から抜け出した。

　メルジューへの道を通ったことはなくても、自分で考えた設定なのだから当然方向は知っている。ラガリアの南に位置する城からさらに南下すると、ほど近い場所に広い川で区切られたメルジューとの国境があるのだ。さっそく馬に乗り、城下町とは逆の方向へ続くひとけのない草だらけの道を走らせながら、乗馬部で日々練習をしていた過去の自分に感謝した。

　国境となる川についたのは、城をあとにしておよそ三十分ほどがたったころだった。石で作られた橋のこちら側にはラガリアの、あちら側にはメルジューのこぢんまりした関所が見える。

　いくらか考えてから馬を下り関所へ近づいた。ここは王族という立場を使って多少強引にでもとにかく通ってしまうしかない、そうしなければアルヴィアを助けにいけないのだ。目論見が露呈すれば引き止めるだろうラガリア王の目も届いていないのだし、特に苦労はしまい。

案の定、関所にいたラガリアの兵士ふたりは、メルジューの王へ急ぎ伝えたいことがある、と告げた有樹を敬礼で送り出した。馬を引いて橋を渡った先にあるメルジューの関所でも同様の用件を口にし、王族の証となるバングルを見せ身分を示すと、隣国の兵士たちもまた驚きをあらわにしたあと有樹に深く頭を下げた。

「では、私が城までお送りいたしましょう。ラガリアの王子になにかあっては大事になります」

ふたりのうちひとりの兵士に緊張した面持ちでそう持ちかけられたので、「では案内を頼む」と返した。兵士によれば、夜は宿に泊まるとして、馬を走らせる速度により早ければ二日ほどで城につくという。

国境から見渡したメルジューの地面には、まだ乾いていないぬかるみがちらほらと認められた。ラガリアでも昨日は小雨の一日となったが、南側ではもっと降っていたのだろう。昨朝にラガリア城を発ったアルヴィアたちの道行きは雨に邪魔され、そう速くは進めなかったのではないか。だとすれば、彼らからさほど遅れずメルジューの城へ辿りつけそうだ。

「急ぎの伝言なので、なるべく早く王に会いたい」

関所を出て再び馬に乗りそう告げると、同様に馬にまたがったメルジューの兵士は「承知しました」と答え、先に立って自然の多い道を走り出した。雨のあとということもあり、ところどころで現れる悪路を、城へと急ぐ兵士の馬についてなんとか駆け抜ける。

本当は、使者とアルヴィアが到着する前に城につき、先回りして問題を解決してしまえればいいのだが、さすがにそれは難しいだろう。ならばせめていち早くアルヴィアのもとへ駆けつけ、隣国の王族として彼とともにメルジューの王を説得し、ふたりでラガリアへ戻りたい。

そばにいられなくてさみしいなんて感情は、彼に抱かせたくないし、自分も味わいたくはないのだ。

農業国といわれるだけあって、メルジューはラガリアよりさらに自然豊かな土地がどこまでも続く国だった。草原や林の中には田畑が広がり、その合間に点在する農村にはあまり店がなく、メルジューの兵士が同行してくれていなければ小さな宿屋も飯屋も見つけられなかったかもしれない。

しかし、これが本当に武力に秀でたリッカラドと敵対関係にある国なのかと、いかにものんびりとした雰囲気の村々を眺めながら首を傾げた。少なくとも、他国の兵が潜んでいるというようなひりひりした空気はどこにも感じない。

となるとやはりラガリア王の言った通り、リッカラドはメルジューが産出する農産物に目をつけ、自国に有利な取り引きをするため政治的優位に立ちたいと目論んでいるだけであり、本気で武器を取る気などない、ということか。

国の様子を観察しながら、夜の休息以外は馬を走らせ、国境をすぎてから二日目の午後にメルジューの城についた。関所から城まで有樹を送り届け、さらに門番に取り次いでくれた兵士に、「ありがとう、おかげで助かった」と声をかける。

恐縮する兵士の姿を目にして、ふとロイーズの顔が頭に浮かんだ。彼はいまどうしているのだろう。第三王子の姿が見えないラガリアの城は大騒ぎになっているに違いない。馬を出してくれたロイーズがあまり責められていないといいのだが、そうもいかないか。彼が勘違いしているのをいいことに、騙すようにして城を抜け出したことは素直に申し訳ないと思う。

とはいえその件について、いまさらここでどうこう悩んでもしかたがない。王をはじめとする城のもの、とりわけロイーズには目的を果たしラガリアへ帰ってから謝罪するとして、まずはメルジューの王と話をしなければならないのだ。

「手間を取らせたうえに、さらに面倒をかけてすまないが、国境に戻ったら関所にいるラガリアの兵に、私は無事なので心配しないようにと声をかけておいてくれないか。そうすれば彼らから城のものへ話が伝わるだろう」

「承知しました。お疲れでしょうから、ご用件がすんだあとはゆっくりお休みください」

少し考えてから兵士に頼み事をすると、すぐに快諾してくれたのでほっとした。有樹を気づかうセリフに頷き再度礼を述べ、そこでまた幾ばくか黙り頭の中で言葉を探す。

ここまで行動をともにする間、彼は特に危機感を抱いている様子を見せなかった。有樹を不安がらせないようにということなのか、そうではないのかわからない。

「……君は、リッカラドとの件についてなにか知っているか？」

悩んだ結果ひどく曖昧になった問いに、兵士は有樹がなにを言っているのかわからないという顔をして首をひねった。隣国へ助けを求めるほどの脅威を感じていながら、関所を守る兵にまでは事情を知らせていないのか？　大いに疑問に思いながら彼になんでもないと示して、敬礼している門番のあいだを通り城門の中へ足を踏み入れる。

メルジュー城の規模はラガリアの城と同じ程度で、華美ではないものの清潔感のある心証のよいものだった。恵まれた農地を持ち産出品も多いがゆえに、経済的不安のない豊かな農業国の象徴に相応しい余裕を感じさせる。

有樹を城へ迎え入れてくれた配下のひとりに訊ねると、アルヴィアたちはつい先ほど城に到着し玉座の間で王と話をしていると教えられたため、気が急《せ》くままに礼を尽くす余裕もなく「私をそこへ連れていってくれ」と告げた。無理を言っている自覚はあったが、アルヴィアのことを考えると勝手に声が強くなる。

その物言いに圧《お》された様子で、配下は有樹を連れすぐに玉座の間へと向かい、ふたりの見張りの兵に声をかけてくれた。彼らが開けた扉の向こうには、玉座に腰かけた王と、武具を身につけたままその前に片膝をつくアルヴィア、それから一歩下がった位置に立っている男の姿が見えた。彼が、騎士団を借りたいという王の意向を伝えにラガリアへやってきた側近なのだろう。

間にいるのはその三人と、気配を消して王の背後に控える護衛がふたりの計五人で、彼らの眼差しはそろって有樹に向けられていた。知らせもなくいきなりラガリアの王族が現れたことに驚いた顔をしている。

緊張感に充ちた場の空気にのまれないよう自分を奮い立たせて間に足を踏み入れ、背後で扉が閉まる音を聞いてからアルヴィアの隣に立った。

「ラガリア国の第三王子、名をユリアス・ルネストルと申します。突然の無礼をお許しください」

身分と謝罪を告げて深く一礼し、それから、王が口を開く前に顔を上げてまずは結論から述べた。

「王に申しあげます。我が国ラガリアの騎士団を貴国にお貸しすることはできません」

有樹の言い分を聞いたメルジュー王の眉がぴくりと上がったので、正直少々の怯みを感じはした。

しかし、アルヴィアのためにも国のためにもここで意思を曲げるわけにはいかないと、再度自分を鼓舞して、可能な限りしっかりとした口調で続ける。

「貴国のみならずリッカラドとも交流があるラガリアは、今回の件については中立を保つ、というのが我が国の王の考えです。両国の橋渡しが必要だというのなら協力を惜しみませんが」

そこまで告げてからいったん口を閉じ、メルジュー王の表情をうかがった。有樹が玉座の間へ現れたときには目を丸くしていた王は、いまは難しげな顔をして言葉を返すことなくなにやら考え込んでいる。

玉座についた王はひどく疲れている様子だった。目の下には、ろくに眠れていないのではないかと心配になるような濃い隈《くま》がある。常時はこれといって波風もないだろう豊かな農業国の王は、あるい

はこうしたいざこざに慣れていないのかもしれない。ゆえにこそ思い悩み冷静さを失っているのではないかと考えはした。

だからといって気をつかい遠回しなセリフを選んでは、こちらの主張が伝わらない。

「ラガリアは貴国とリッカラド、どちらか一方に加担するつもりはありません。また、自国の治安上問題にもなりますし、なにより騎士団は我が国の大切な国民ですので、他国にお貸しすることはできかねます。今一度お考えください」

依然として黙っている王にはっきりとそう言い、あとは任せていいかと隣で片膝をついているアルヴィアにちらと目をやり視線で問うと、意図は通じたのか彼は有樹に浅く頷いてみせ口を開いた。

「先ほどから申しあげております通り、ラガリア王が中立の立場を取るという考えである以上は、我々騎士団はそれに従います。第一に、私たちはまず自国を守る存在です。長く国を留守にすればその役目を果たせません」

アルヴィアの静かな口調は有樹とは違い、相手に言い聞かせ理解を促すものだった。彼の声に、冷静さを失っているのはメルジューの王だけではなく自分も同じだと教えられ、幾ばくか反省する。

「また、ここまでの道のりで周囲を観察してきた限り、貴国の地にリッカラドのものの気配はまったく感じられませんでした。戦の経験が多いかの国なら、武力を行使するつもりであればとうに手を出しているでしょう。おそらくリッカラドは剣を取る争いをしたいわけではなく、争いをちらつかせ優位な立場となったうえで貴国と交渉をしたいだけかと」

他国の騎士が語る客観的な見解を聞き、王は無言のまま、ますます難しい顔つきになった。アルヴィアのセリフに何事か気づかされ、さらに考え込まざるをえなくなった、といった表情だと思う。

「貴国は作物が多く採れる豊かな土地を有していますから、リッカラドの目的はそれらの農産物を有利に入手することでしょう。ですので、まず王に必要なのは、隣国の騎士団を呼び寄せることではなく、自国のものの有意義な意見に耳を傾けることです。道中に話をして確信しましたが、私を迎えにきてくれた使者殿はその点充分頼りになるかと思われます」

そこまで続けてからアルヴィアは口を閉じ、片膝をついたまま振り返って、背後に立つ側近だろう男に視線を向けた。つられて目をやると、彼は先刻のアルヴィアと同じように小さく頷き、落ち着いた声で話しはじめた。

「私も小隊長殿と同じく、リッカラドには実際に我が国へ攻め込むつもりはないと考えています。ですから、メルジューとしては武力を整えるのではなく、かの国とどう議論すべきか考え準備するのが重要です。リッカラドの切り札が軍事力であるのなら、我が国の武器は豊富な資源です。怯えて武器を取り落とさないよう、どうか冷静なご判断を」

側近の進言は至極真っ当で、彼を指しメルジューのブレーンだと評したラガリア王の言葉は正確なのだろうと納得させられた。こんな男がなぜ言われるままに、メルジュー王の無茶な求めをラガリアまで伝えにきたのかと不思議に思ったが、続けられた次の言葉でその疑問は解けた。

「王の要請をラガリアへ伝えたのは、こうして他国より諫《いさ》められることで、焦りから現状が見えなくなっている王に目を覚ましていただくためです。ラガリア王はそれもご理解のうえで、小隊長殿を我が国へ差し向けてくださいました。リッカラドのいいなりにならぬよう、王には正確に事実を理解し慎重に事を進めていただく必要があるのです」

なるほどこの男はすべてを把握していながら、危機感に囚われ状況を正しく見定めることができなくなっている王を説得してもらうために、ラガリアへ来たのか。第三王子までメルジュー城へ乗り込んできたのは予想外だったろうが、他国の人間を手駒にして冷静さを失っている王の目を覚まさせようとは、かなり肝の据わった人物のようだ。

「なお、我が国でリッカラドとの件について知っているのは一部の中枢のみです。無駄な動揺を避けるため、その他の配下、国民にはまだ伝えていません」

最後に側近がつけ足したそのセリフから、関所の兵士がなにも知らなかった理由もまたわかった。確かにこの男はアルヴィアの言った通り頼れる側近だ。というより、いま現在浮き足立っているのはメルジュー王ひとりで、彼をはじめとする周囲のものは国の長に冷静さを取り戻させるべく走り回っているだけなのかもしれない。

王は、有樹とアルヴィア、そして側近の言葉を聞き、依然として黙ったまましばらくのあいだなにかしらを熟考している様子を見せた。それから、静まり返った玉座の間に漂う緊張感を破るように、長々とした溜息をついてようやく口を開いた。

「……すべて君たちの言う通りだ。落ち着いてよくよく考えれば、リッカラドの目的が武力行使ではないことくらいはわかるのに、私は焦りのあまり、まわりが見えていなかった。ラガリアの立場を考えることさえもできず失態を晒して申し訳ない」

理性的な王の発言に、ほっと肩から力が抜けた。その有樹と、隣に片膝をつくアルヴィアを順に見つめ、王は静かな声音で続けた。

「今回こうしてラガリアから見たメルジューの現状を教えられたことで、大分頭《だいぶ》が冷えた。振り返ってみれば私は、自国のものの声さえ聞こえなくなっていたようだ。国の長である以上は周囲の人々とよく話しあい物事にあたらねばならない。それに気づくきっかけをくれたラガリア王、およびユリアス王子と騎士殿に感謝する。また、迷惑をかけたことを謝罪する」

「……とんでもない。私のほうこそ数々の無礼をお詫びいたします。王族としてのふるまいもいたらず申し訳ありませんでした。メルジューとリッカラド、両国の関係を最もよい形に収めるために必要であれば、我が国は中立の立場から協力いたします」

すっかり冷静になったとまではいえなくても、こちらを見る王の眼差しは先ほどまでとは違いしっかりとしたもので、その様子に安堵しつつ返事をして一礼した。王が他者の意見に耳を傾けるだけの余裕を取り戻したのなら、頼りになる側近とともにうまく立ち回れるだろう。それに、アルヴィアになにかあったらと不安に駆られラガリア城を飛び出した自分だって余裕を失っていたのだから、王を責めることもできまい。

その後、アルヴィアとともに玉座の間を出て、外に立っている見張りの兵に騒がせたことを詫びながら廊下を歩き出したところで、背中から側近に呼び止められた。すぐに日が暮れてしまう時間に客人をただ見送るだけというわけにもいかないと城への一泊を勧められ、一度は遠慮したものの、王からの誘いだと言われれば強くは断れない。

まずは少し早い夕食をふるまわれ、そののち客間へ案内された。なんだかこんなシーンは前にもあったような気がすると頭の中を探り、そうだ、モンペリエの城だ、と思い出した途端に、まるでスイッチが切りかわったみたいに急に鼓動が速くなった。

あのときは二度目のキスをして、それからもっといやらしいこともした。

アルヴィアを助けたいと必死になっていたせいで忘れていたが、一度意識してしまえば、嘘のように鮮やかに蘇る彼の唇やてのひらのあたたかさ、味わった快感の記憶をもう振り払えない。落ち着け、と自分に言い聞かせていたら、そんな有樹の心情を察したのかアルヴィアがふとこう口にした。

「一緒にいたいですね」

メルジューの配下に連れていかれた隣りあわせの客間の前、ふたりきりの廊下で、ドアに伸ばしかけた手がぴくりと引きつった。ここで頷けば彼は、モンペリエを旅していたころのように同じ部屋に入ってくるのか？　つまり、あのときみたいにまたキスをしようだとかいう意味になるのか、と考えてしまうと咄嗟には答えられない。

固まっている有樹を見てアルヴィアはくすりと笑い、少しばかり言い回しを変えて告げた。

「ユリアス様。私はあなたと一緒にいたいです」

「……おれも君と、一緒に、いたい」

思わずごくりと喉を鳴らしてから、隣のアルヴィアを見あげ掠れた声でなんとか正直に言った。その言葉に彼は満足そうに目を細め、アルヴィアに与えられた部屋のドアを開け先に中へ入り、そのあと有樹の手首を摑んで同じ一室に引っぱり込んだ。

そして、ドアを閉めるなり、なにを言うでもなく正面から有樹を抱きしめた。

途端に、それまで以上に鼓動が早鐘を打ちはじめ、息苦しさを感じてつい喘いだ。キスをしたことも素肌に触れられたこともあるのに、こんなふうにされるのははじめてだと、高鳴る胸を持てあましつつ考える。

どうすればいいのかわからずしばらく悩んだのち、おそるおそる両腕を上げて彼の背に回した。ちゃんと、こうされるのは嬉しいのだと自分も行動で示したい。アルヴィアは抱擁を返されたことが嬉しかったらしく、充ち足りたような吐息を洩らし、有樹をさらに強く抱きしめた。

そうして長い時間をかけ互いに無言のまま体温を分けあったあと、アルヴィアはそっと腕を解き、有樹の顔を覗き込んだ。

「我が国の第三王子は本当に頼もしいですね」

優しい声で褒められてくすぐったくなり、おかしな顔をしてしまった。それがまた愛おしいとでもいわんばかりに微笑んで、アルヴィアは両のてのひらを有樹の頰へ添えて続けた。

「けれど、まさかあなたが、しかもひとりで私を追ってきてくれるとは思っていませんでした。とても嬉しい。私は、あなたのそばにいられないとさみしいです」

宴の場でも聞いたのと同じセリフだ。あのときは、あなたはどうですかと訊ねられ意味がわからず答えられなかったが、いまこそきちんと返事をすべきだと、緊張しつつも口を開く。

「……おれも、さみしい。それに、離れているとき君になにかあったらと想像すると、怖くなる。だからその、……おれのそばにいてほしい」

アルヴィアは、有樹の危なっかしい返答に美しい笑みを見せた。ああ、この男は本当に自分が好きなのだとわかる表情だと思う。つい見蕩れていると唇の端に軽くキスをされ、それに反応する前に熱を孕《はら》んだ声で問われた。

「ねえ、ユリアス様。もっと深くあなたと愛しあいたいです。モンペリエの城ではしなかったこともしたい。いやですか？」

吐息の触れる距離ではっきりと求愛されて目が眩《くら》んだ。彼が言いたいことはもちろん理解できるし、拒む理由もないのだが、うるさいくらいに胸が高鳴りまともに声が出ない。

それでもいやではないのだと示すために、ぎくしゃくと首を横に振ったら、アルヴィアはまた綺麗に微笑み「あなたが好きです」と囁いて、再度有樹を強く抱きしめた。

動こうにも手さえ上げられず硬直していると、そんな有樹を認めて「怖くないですよ」と言い優しく笑ったアルヴィアに、丁寧に服を脱がされ、ベッドへ横たえられた。一度女性に押し倒されたときとはずいぶん違うと、馬鹿みたいに速まる鼓動に自覚させられる。これは自分が相手に最初の、本物の恋をしているからこそ覚える緊張なのだろう。

自ら服を脱いだアルヴィアは、特にもったいぶるでもなくベッドに乗り、身を強ばらせている有樹に覆いかぶさった。素肌が触れあう感触に、は、と微かな吐息が洩れる。モンペリエの城で撫でられたときには服を着ていたから、こうして直《じか》に彼の身体の温度を知るのははじめてで、過去に味わったことのない鮮やかな感動みたいなものがこみあげてきた。

「ユリアス様。そんなに固まらなくていいですよ。前にもこうしたでしょう?」

シーツに片肘をついて有樹の顔を覗き込み、もう片方のてのひらを首から胸、腰へと這わせながらアルヴィアが目を細めて言った。強く、やわらかく肌を刺激していく手と甘やかな微笑みに、自分の中でなにかが目覚めるのを感じる。

「あ……っ、は、まえ、と、違うじゃ、ないか……」

掠れた声で訴えたら、アルヴィアは笑みを深めて「なにが?」と問うた。彼なら相手が零した小さな感嘆を聞き洩らすはずがないのに、いちいち言わせてみたいらしい。

「きみ、が、服を、脱いでる」

「ああ。あなたはそれが嬉しいから、こんなふうに感じているんですね。ほら、もう尖《とが》っていますよ」

「は、あぁ……っ、そこ、やめて……、なんだか、ぞくぞく、する……っ」

先日と同じように指先で乳首を摘まれ、あのときよりも強い快感が生まれてうろたえた。こうされるのはまだ二度目なのに自分はすでに彼の手に慣れはじめているのか、と思うと、触れられる嬉しさと同時に動揺が湧く。

アルヴィアは有樹の様子を見て、ふふ、と色っぽく笑い、唇に触れるだけのキスをした。それから指の腹で念入りに、押し潰すように乳首を愛撫し、小さく喘ぐ有樹に「気持ちがいいですか」と訊ねる。

「……気持ち、いい、けど……っ、ちょっと、こわい……。あ」

嘘をつくのもおかしいかと正直に快楽と狼狽を言葉にしたら、再度軽く短いくちづけをされた。この男はキスをするのが好きなのだろうかと、彼に触れられるまで知らなかった感覚にじわじわと汗ばんでいく身体を持てあましつつ、頭の隅で考える。

「怖がらなくていいですよ。たくさん気持ちよくなってくださいね」

しかし、穏やかな口調でそう言った彼に、今度は唇を乳首に寄せられ、そんな思考もどこかに行ってしまった。生々しく濡れた舌が這い、かと思えば強く吸いあげられて、興奮なのか羞恥なのかわからない波が全身に広がっていく。

「あ……！　や、それ……っ。駄目、だ、って……！」

熱を持ちはじめていた身体があっというまに高揚し、確かな欲が生まれるのがわかった。このまま自分を制御できなくなるのではとますます動揺して、うまく動かない手を上げ長い髪を力なく引っぱってみても、彼は唇を離してくれない。それどころか乳首を舐められながら、いつのまにか硬くなっていた性器に触れられ、びくっと派手に震えてしまった。

「うわ、あ、駄目……っ、アル、やめ、て、くれ、あ……っ」

想定以上の快感から逃げ出したくても、アルヴィアが相手では無理に引きはがすわけにもいかず、結局は手をシーツに落として、似たような単語をただくり返すことしかできなかった。相手はいやがっているのではないと理解しているらしく、アルヴィアは有樹の言葉は聞かずに唇と舌でじっくりと乳首を愛撫してから、性器を握る手はそのままに顔を上げた。濡れた唇をちらと舐める彼がいやになまめいて見え、視覚からさえも劣情をあおられる。

「気持ちがいいですか？」

「は、あ……っ、きも、ち、いい……っ」

先と同じ言葉で問われても、もはやまともなセンテンスで答えられず、やめてくれと告げた同じ唇で息を乱しながらなんとかそう口に出した。途端に、自分がなにかとてつもなく淫《みだ》らな生き物になってしまった気になり、かっと顔が熱くなる。アルヴィアはそれを認めて目を細め、「では一度出してしまいましょうか」と言って、はっきりと意図的な動きで有樹の性器を扱いた。

「あ……！　だ、め、も……っ、いく、あ、あ……っ」

すでに充分高ぶっていた身体はそのあからさまな刺激に、先日と同様まるで操られるかのごとくあっさりと極めてしまった。嚙みしめるというよりのみ込まれるような大きすぎる愉悦を、ぎゅっと目を瞑ってどうにか受け止める。

有樹が呼吸さえままならないほどの絶頂に溺れているあいだ、アルヴィアは特になにを言うでもなく右手を性器に添え、てのひらで精液を受けつつ相手の身体から衝撃が去るのを待っているようだった。目を閉じていたので表情はわからない。

そして、いくらかは興奮が静まりそっと瞼を上げた有樹と真っ直ぐに視線を合わせ、次に彼は、精液で濡れた手を尻に這わせてきた。

「ん……、待って、く、れ」

精液を塗りつけられ、ぬるぬると指で撫でられる感覚に、思わず出した声が狼狽に揺れた。知識としてはあるものの経験はない、本当にそんなところを使うのかと若干の焦りが湧く。

それを見て取ったらしく、今夜何度目になるのか「怖くないですよ」と言い優しく笑って、アルヴィアは有樹に覆いかぶさっていた身を起こした。それから、右手はそのまま左手を有樹の足に置き少し力を込める。

「ユリアス様。膝を立ててください。そう、両脚です」

「……本当に、その、……そこでするのか？」

「ええ。大丈夫、痛くはしませんよ。ふたりで気持ちよくなりましょう？」

やや強引に片手で膝を立てるよう促され、おそるおそる問うと、そんなセリフを返された。そういえばモンペリエの城でもいまも自分が愛撫を受け取るばかりで、アルヴィアは少なくとも肉体的には快感を得ていないのだ、と思うと、ふたりで気持ちよくなろうという彼の言葉を拒めなくなる。

彼の手に従いこれもおそるおそる両膝を立てたら、よくできましたとでもいうように右膝に軽いキスをされ、なんだかほっとして強ばっていた身体から少しだけ力が抜けた。その様子を認めたのか、アルヴィアは今度は特に宥める声はかけず、指先をぬるりと中に挿し入れた。

「うぁ、あ、や、指……っ、はいって、る」

精液で濡らされたせいか、意外にもあっさり彼の指先を受け入れた自分の身体にびっくりし、うわずった声を上げた。気持ちがいいのかはよくわからないが、彼が言った通り痛くはない。なによりそんな場所をアルヴィアにまさぐられている、そして自分はどうやら彼との行為に応じることができるらしいと自覚したら、怯みも恥ずかしさも巻き込んだ目が回るくらいの高ぶりを覚えた。

この身体は、はじめて恋をした男とつながれるのだ。ふたりで気持ちよくなれるのだ。

アルヴィアは内側から入り口を丹念にほぐしたあと、有樹をじっと見つめながら少し奥まで指を進めた。自分に対してはことさら優しい男だから、相手が痛みを感じていないか表情で確認しているのだと思う。

しかし、指先である一点をじわりと押し撫でられたときには、そうしたことを考える余裕も掻き消えた。

「あ、あ……！　なに、こ、れ……っ、あっ、や」

「そんなに強くしていませんよ。気持ちがいいでしょう？」

「ふ、う、きも、ち、いい、けど……っ、こ、わい……っ」

決して触れてはならない神経の端を直接刺激されるような、知らない感覚がこみあげてきて、先刻とほとんど同じ言葉を喘ぎに交ぜた。一瞬で全身に広がったのは声にした通り怖いくらいの快感で、すぐには受け止めきれずうまく呼吸ができなくなる。

少しのあいだゆるゆると同じ場所を撫でていたアルヴィアは、その有樹の様子を見ていったん指を抜き、安心させるように微笑んで言った。

「ユリアス様。怖くないですから息をしてください、ゆっくり慣れましょう。けれど、あなたの身体は大分開いてきましたよ、もう少し入りそうなので入れますね」

「は……っ、あぁ、ひろ、がって、る……っ、へん、な、感じ」

そうしても大丈夫だという判断なのか、一度抜いた指の本数を増やし、そこそこ強気にぐっと差し込まれて細い声を洩らした。確かに痛くはないので、無理をされているわけではないのだとわかりはしても、はじめて知る異物感に身体が強ばる。

アルヴィアは「ふたりで交わるために広げているんです」と優しく告げ、じわじわと指を動かした。そんなふうに言われたらやめてくれと訴えることもできないと、軽く頷きなんとか力を抜いて身を任せる。

時々気まぐれに弱点を撫でながら出入りする指に、明確な快楽を感じはじめるまでには、さほどの時間を要しなかったと思う。先ほど射精した自分の性器が再び反応しているのは見なくとも自覚できたから、見えている彼には当然この身体がいまどんな状態にあるかわかるはずだ。

中を弄《いじ》られて気持ちがよくなるなんて、想像していなかった。これは自分を開いているのがアルヴィアだからこそ得られる快感だ。

指で緩められているその場所に、彼の性器を入れられたら、どんな感じがするのだろう。

「もう入りますよ。私はあなたの中に入りたいです」

有樹の内心を読み取ったかのようにあまりにも正確にそう囁かれ、つい喉を鳴らしてから、なんとか応えた。

「いれ、て……っ、一緒、に、きもち、よく、なって、く、れ……」

「ああ。あなたは本当に可愛らしいですね。好きですよ」

有樹の求めにアルヴィアはうっとりしたような笑みを浮かべた。口に出した言葉が彼の本心なのだと有樹にもわかる、素晴らしい表情だと思う。

そののち彼は有樹の右脚を肩に抱き、片手で摑んだおのが性器をいましがたまで指で開いていた場所に押しあて、改めてこう訊ねた。

「私はあなたが欲しいです。ここに入れたい。ユリアス様、私を受け入れてくれますか」

交じりあいこみあげてくる期待と怖じ気に胸を喘がせながら見あげた彼は、翠色の瞳をきらきらときらめかせていた。有樹を怯えさせないようにと優しい表情の裏に隠していたのだろう興奮を、もう隠す気はない、といった目だ。

彼も欲情しているのだとその眼差しに教えられて、それまでとは違う切ないような高揚が湧いた。互いに相手を欲しがり見つめあっているこの瞬間、ふたりのあいだには恋心以外のものなんて介在しない。不意にそんなふうに感じた。

「いまさ、ら、訊くな……っ。お、れ、だって……、きみ、と、つながり、たい……っ」

落ち着かない呼吸のまま告げたら、アルヴィアは確かな愛情をうかがわせる声で「好きですよ」とくり返し、姿勢を整えた。それから、有樹が身構える前に、硬く張り出した先端をずぶりと埋め込んできた。

「うあ、ああッ、や……、あ……ッ！　あ！」

指とは較べものにならないほどの太さに、意図せず悲鳴のような声が散った。あまりの衝撃に言葉が紡げないどころか、目を閉じることもできない。アルヴィアは、その有樹に宥める声をかけるでもなくじりじりと性器を押し入れ、最後に腰を使って根元まで打ち込んだ。

「は……ッ、あ……！　あぁ、な、に、これ……っ。おれ、どう、なって、る……？」

そこで動きを止めたアルヴィアに、焦点のはっきりしない視線を向け浅く喘ぎながら洩らすと、彼はうっすらと笑って「つながっていますよ」と低く告げ、それを教えるように緩く有樹を揺すりあげた。

「はぁ、あ……っ、きみ、が、はいって、る……、つながって、る」

「ええ。あなたの中に入っています。このあたりまでですか」

「んぅ、や、だ……っ、言う、な……、あぁ」

右手でぐっと下腹を押されて、そんなところまで彼の性器は届いているのだと思い知らされ、ぞくぞくと鳥肌が立った。ぎっちりと埋め込まれた質量がもたらす異物感が、いま自分を貫いているのはアルヴィアなのだ、自分と彼は確かにつながっているのだと改めて認識することで、レモンを浮かべられたマロウブルーのように鮮やかな快感へと色を変える。

心の奥から湧き出しこの身体を占めているはじめての感覚は、よろこびだ。

「ユリアス様。私はとても気持ちがいいです。あなたは?」

表情の変化から、有樹の覚えている充足感に似た快楽を読み取ったのか、ゆっくりと腰を使いはじめたアルヴィアがそう問うた。指で目覚めさせられた内側を硬くて太い性器で擦られるのは、幾ばくか苦しいながらも紛れもなく気持ちのよい行為で、戸惑いも困惑も置き去りにした興奮が湧きあがる。

「あ、はぁ……、いい……、きもち、いい……っ、中、きみ、の、で、いっぱい……っ」

感じている高ぶりをそのまま震える声にすると、アルヴィアは目を細め「一緒に気持ちよくなれて嬉しいです」と言った。その言葉にさらなる高揚を覚え、何度も頷いて返す。いままで与えられるばかりだった快楽を、今日は彼も感じてくれているのだと思えば、自分だってもちろん嬉しい。

アルヴィアはどこまでも優しく穏やかに、じっくりと時間をかけて有樹を揺さぶった。そうしようと思えばいくらでも身勝手に貪れるはずなのに、有樹のために相当気をつかっているのだろう。

　ちらとそんなことを考えたところで彼が不意に動きを変え、先ほど指で弄られた場所にぐっと先端を押しあててきたので、すぐに思考が頭から消えてしまった。目一杯開かれた状態で弱点を責められる全身の血が沸き立つような感覚に、もっと好きに扱ってくれてもいい、彼にたくさん気持ちよくなってほしいなどと思う余裕もなくなる。

「や……っ、だめ、そ、れ……！　きもち、が、よすぎる、から……っ。あ……！」

　芽生えはじめていた絶頂への欲が途端に膨れあがり、すっかり忘れていた動揺が蘇ってひどく掠れた声が洩れた。中を性器で刺激されこんなふうに感じるなんて、自分はおかしくなってしまったのかと怖くなるくらいの、切羽詰まった快楽が一気にこみあげてくる。

「いきたいですか？」

　有樹がいまどういった状態にあるのか正確に把握しているらしいアルヴィアにそう囁かれて、一瞬怯んでから他にはどうにもできず正直に答えた。

「は、あ、いきた、い……。アルヴィア……、い、きた、いっ」

「ああ、本当に可愛らしいですね。あなたをいかせてあげたいです。触れてもいいですか？」

「さわ、って……、あぁ、いかせ、て、くれ……っ、こんな、の、がまん、で、き、ない」

　戦慄《わなな》く唇でなんとか告げると、彼はいやに甘く微笑み有樹の性器を右手でやわらかく握った。それだけでざわりと背を這いあがる予感に、慌てて「君は」と短く問うたら、彼は確かにそう感じているのだろうとわかる表情をして答えた。

「私も気持ちがいいです。あなたがいってくれればきっと、もっと気持ちがいい。だから、いってください」

「あ、あッ、も……、はぁっ、いく、また……っ、あ……！」

ぐっと奥まで差し込まれ、同時に性器を優しく擦られて堪《こら》えきれず固く目を瞑り、押し寄せてくる愉悦の高波に頭からのまれた。愛おしい男に深い場所まで押し開かれながら味わう恍惚は、経験のないよろこびを伴うもので、そのあまりの強さ、鮮やかさに瞼の裏が真っ白になる。

太い性器を根元まで挿入されているせいか、いつもであれば穏やかに去っていく射精の衝撃はなかなか落ち着いてくれなかった。しばらくのあいだ息苦しいくらいの絶頂に溺れたあと、ぎゅっと閉じていた瞼をそろそろと上げたら、先ほどまでよりあからさまな欲情を映す目と視線がぶつかって、思わずふるりと震える。

「ユリアス様、私もいっていいですか。あなたに締めつけられて、いやらしい顔を見せられて、興奮しています」

珍しくも熱い声で問われ答えが言葉にならず頷いて返したら、彼は精液に濡れた右手で有樹の左脚を押さえ込み、幾度か強く腰を使った。姿勢が変わったせいかより深くまで性器が届き、達したばかりの敏感な身体がびくびくと跳ねる。

「は……ッ、あ、きみ、も、いって……っ、アル……！」

肉体的というだけでなく精神的な高揚からその意図もなく彼を締めあげつつ、ほとんど音にならない声で告げると、気持ちがよかったのか、アルヴィアは小さな吐息を洩らした。最後に奥深く突きあげてから腰を引いて性器を抜き、有樹の腹の上に精液を放つ。

美しい顔に微かに浮かぶ悦楽の表情を目にし、この男は自分の身体で確かな快楽を得たのだと思ったら、まるでもう一度極めてしまったかのように全身が痺れた。彼が言ったようにふたりで気持ちよくなれたことが、たまらなく嬉しい。

両脚を解放されて、まだはあはあと乱れている息はそのままにアルヴィアを見つめると、汚れるのも構わず覆いかぶさってきた彼にぎゅっと力強く抱きしめられた。

「好きです。あなたが好きです」

何度も囁かれた言葉を耳もとでくり返され、いままでよりも強い感動がこみあげてきた。力の入らない腕を上げ抱きしめ返し、散々喘いだせいですっかり嗄《か》れてしまった声で「おれも好きだ」と返したら、感極まったような彼の溜息が聞こえてきた。

今度は全身に震えが走るほどのよろこびを覚えた。

恋をした男と抱きあうのはこんなにも気持ちがよくて嬉しいものなのか。体温を交わし快楽を分けあって、身体のみならず心まであたたかく充たされていくのを感じ、うっとりと瞼を伏せて抱擁に酔った。

ラガリアからメルジューの城まで乗ってきた馬で、ふたりだけの帰路についた。

馬車で送るという王の申し出は、馬のほうが早いからと遠慮した。往路で道筋も宿屋や飯屋のある場所も覚えたので、もう城のものの手を借りる必要もない。なにより、王や側近がそうは思っていないのだとしても、無礼を働いたのは事実だから、これ以上面倒をかけるのは申し訳ない気がした。

アルヴィアは帯刀していたが、有樹は馬場から抜け出してきたため武器もなく、念のためと一本サーベルを借りてラガリアへの道を辿った。雨上がりの三日前には悪路もあったものの、帰路では地面もすっかり乾いていたので、自然豊かな土地の高低差に慣れればさほどの苦労はなかった。

途中、ただの民家にしか見えない小さな宿屋で休んでいるときに、アルヴィアが「このままあなたをさらってしまいたいですね」などと言ったことがなぜか嬉しくて、つい笑ってしまった。

「そうすれば四六時中あなたと一緒にいられます。片時も離れたくありません。ときも場所も選ばず、立場も考えずキスがしたい。城ではさすがに無理ですから」

「こっそりすればいいじゃないか。おれは仕事の合間に地位を利用して、暇さえあればせっせと君のもとを訪れ困らせてやろう」

「あなたが私だけの王子様ではないのが少し悔しいです。けれど、あなたを一番大事に思っているのは私ですよ」

本当に、離れたくない、悔しい、と感じているのだろう口調で告げられ、じわりと胸が熱くなった。

恋情を囁きながらいつでも優しく微笑んでいたアルヴィアが、ちらとそうした感情まで見せるようになったのが妙に心嬉しい。そのせいもあり、他人が聞けばくだらないようなやりとりさえもがなんだか愛おしかった。

そんな胸弾む道行きに異変が起こったのは、夜に宿屋で休んだ数時間を挟み、メルジュー城から三日かけ、国境付近まで戻ってきた午前のことだった。

農業国であるメルジューは、農村が点在する以外の場所は、田畑や、人間の手がほとんど入っていない林、野原が広がる土地からなっている。目つきの悪い十人ほどの男たちに遠巻きに囲まれたのは、そうしたどこを見回しても他にひとなどいない、左右に木々の立ち並ぶ中にある草原だった。

いかにも暴漢といった風体の男たちは半数が馬に乗っていた。おそらくは、きっちりとした装いの有樹と武具を身につけたアルヴィアというふたりの出で立ちに目をつけ、姿を現したのだと思う。

その証拠に、腰の剣を抜いた彼らのひとりが騎乗でこう言った。

「有り金をすべてよこせ。ずいぶんと上等な服を着て護衛まで連れて、どこの貴族様だか知らないがたんまり持ってるだろ」

あたりを見るまでもなく助けを求めても応じるものは誰ひとりいないし、国境の川まではまだいくらか距離があるため大声を出したところで関所の兵士にも届くまい。暴漢もそうと知っているからこそ現れたのだろうから当然だ。ふたりで逃げ出そうにも、彼らの半分が馬にまたがっている以上はどうしたってすぐさま追いつかれる。

銀のバングルはいつものように服に隠れているので、男たちもまさか王族を相手にしているとは思っていなかろう。だが、ここで馬鹿正直に大金を出せば、事実身分の高いものと知られてつかまる可能性もあり、かえって危険だ。ではどうするのが最善なのか。

「自分の身を守れますか」

悩んでいるとアルヴィアから小声でそう問われた。また少し考えたのち頷いて返したら、彼は男同様サーベルを抜き、少しの怯みもない口調で答えた。

「悪いがおまえたちに渡す金はない」

どう返事をしたところで、まず間違いなく命は狙われる。ならばこの場合はやはり剣を取るしかないか。アルヴィアは騎士団の中でもひときわ腕の立つ第一小隊長であり、加えて何事も正確に見極める目を持つ男だから、相手を倒せる自信もあるのだろう。

おおよそ十人の暴漢に囲まれているこの状況で、恐怖を感じないといえば嘘になる。しかし、隣にアルヴィアがいるためか不思議と落ち着きは失わなかった。

「渡せない金ならあるのか？　では命もろとも置いていけ。ちょうど退屈していたところだ」

男は実にいやらしい笑みを見せそう言ってから、片手を振って合図し、遠巻きにしていた仲間とともに一斉に距離を詰めてきた。男たちとその手にある剣が近づいてくるのを目に映しつつ、騎乗のままアルヴィアとは反対方向を向きサーベルを抜く。

「無理に倒そうとは考えなくていいです」

まずひとり、先陣を切って襲いかかってきた騎乗の男をサーベルでなぎ払いながら、アルヴィアは冷静な口調で有樹に告げた。

「片づけるのは私ひとりでも難しくありません。ですからあなたは自分の身を守ることを第一に」

「わかった」

正面から振り下ろされる刃をサーベルで受け流し、短く答えた。三年間フェンシング部で毎日のように剣を握っていてよかったと、高校時代の自分を褒めたくなる。細かいルールのもとサーブルを構えるのとは違うものの、大雑把に括《くく》れば勝手は同じだ。

アルヴィアはそれは巧みにサーベルを振るった。自身に向けられる刃をいなしつつ、殺さないながらも剣を握れぬ程度に、あっさりと暴漢たちを地に伏せさせていく。そんな彼を横目で認めて舌を巻いた。

この世界で目覚めたのちともに旅をしたモンペリエは平和な国だったし、ラガリアも等しく穏やかな地だから、アルヴィアがこうして実戦で剣を取る姿を見るのははじめてだった。彼が長を務める第一小隊は主に王族警護を担うので、実際に大勢の敵と争う機会はめったにないのに、ずいぶんと手慣れている。

彼はこうも強い騎士だったのか。モンペリエの旅路や、その後戻ったラガリア城で、そしていまも、自分はこんな男に大事に守られているのか。

ふっと一瞬集中力が切れたのは、十人の暴漢をアルヴィアがあらかた倒し、残るはひとりとなったときだった。もう大丈夫だという安堵と、相手は騎乗ではないから自分のほうが優位だ、なんて気の緩みが生まれたせいだろう。

不意に斜め下から鋭い刃の先端を突きつけられ、うまく避《よ》けることができなかった。慌てて身を躱したせいで、馬上での姿勢が保てなくなり、目に映る景色がぐらりと揺れる。

これは落ちたあげくに串刺しだな、いやに冷静にそう考えた。しかし、向こうに立ち並ぶ木々から空へと視界がめまぐるしく回り、地面に背や尻を打ちつける衝撃が走ったあとも、自分を貫くはずの剣が一向に襲ってこない。

なにがどうなっているのかわからないながらもなんとか半身を起こし、地に尻をついたまま、いつのまにかきつく閉じていた瞼をおそるおそる上げると、すぐ目の前にアルヴィアの姿が見えた。その向こうには、彼を警戒しているのかいくらかの距離を置き、暴漢が剣を手にして立っている。

アルヴィアは、片膝をついた低い姿勢で右手にサーベルを構え、左手で目もとを覆い隠していた。その左手が血で染まっているのを認めて、ぞくりと悪寒が這いあがる。

取り落としていたサーベルを慌てて摑み、立ちあがった。油断したせいで落馬し暴漢から剣を向けられていた自分を、すかさず馬から飛び下りた彼が助けてくれたのだ、ということは把握できた。

おそらく、王子の盾となるべく暴漢と自分のあいだに膝をつき割って入ったアルヴィアが、敵のサーベルを弾き返した際に、その剣先が彼の目を傷つけたのではないか。暴漢に見られれば弱みになるため、あるいは王子を驚かせないようにと手で隠しているのだろうから、深い傷を負ったのだと推測される。

最悪だ。自分の身を守ることに専念していればよかっただけなのに、注意を怠りそれすらできず、彼の足を引っぱるどころか怪我をさせるなんて、あまりにも情けない。

「大丈夫か」

今度は自分が暴漢とアルヴィアのあいだに立ち、男に視線を向けたまま背後に問うたら、「身体は動きますし思考も働きます」という答えが返ってきた。四肢や体幹、中枢神経は無事であるものの両目とも見えない、という意味か。いくらアルヴィアとはいえ、視力を失っていてはまともに剣を振ることも、馬を走らせ逃げることもできまい。

要するに、おのれとアルヴィアを守るため、ここは自分が状況を打破するしかないということだ。

「アルヴィア。そのまま動かないでいてくれ」

自然と緊張の滲む声で告げ、残るひとりの男に対し真っ直ぐサーベルを向けた。いつでもこい、といわんばかりに見据えると、男は苛立《いらだ》ちの表情を浮かべ剣を振りかざした。

三年間の練習でそれなりに技術を身につけたとはいえ、知っているのはあくまでも競技としてのフェンシングだ。身を守るだけならまだしも、ルールもなにもない相手を倒すことはできるのかと、焦りから冷や汗をかく。

しかし、刃を交えはじめ五分ほどたったころか、重い真剣にも慣れた有樹の構えるサーベルの先が、膠着《こうちゃく》状態を破り男の右肩に届いた。スポーツであればそこで終わりだが、これは試合ではなくふたり分の命を守る争いだ。あまり手加減もできず剣先を横に払うと、右肩を深く傷つけられた男はサーベルを落として両膝をついた。

その姿を目にし、全身に充ちていた緊張感が幾ばくか緩むのを感じた。とりあえずこの場は切り抜けられそうだとほっとしたせいか、いまさらのように細かく震えはじめる足に力を込め、落ち着け、と何度か自分に言い聞かせる。

「見ての通り私は無傷だ。まだ充分に戦える」

上がる息を隠し目の前に座り込んでいる男に向けて言うと、険しい形相で睨みつけられた。それを可能な限り冷静に見つめ返して、血に濡れた男の右肩をサーベルの先で指す。

「一方、おまえも、そこかしこに倒れている仲間もこれ以上は剣を振るえまい。追わずにいてやるから、おまえは仲間とともにさっさと消えろ。こちらも時間が惜しい」

男は忌々しげに舌打ちし、しかしなにも言い返さずよろよろと立ちあがった。当然悔しくはあるだろうが、右肩を傷つけられてはもう剣を握れないので、しかたなく有樹の言葉に従うことにしたらしい。アルヴィアに倒され呻いている仲間を軽く蹴りつけ立てと促し、男は彼らと馬を連れまさに這々《ほうほう》の体といった様子で逃げ去っていった。

その後ろ姿が完全に視界から消えるまでサーベルを手にしたまま見送り、それから慌てて振り向きアルヴィアの前に膝をついた。

「すまない、アル。油断したおれのせいだ。立てるか？」

「立てますし歩けます。心配いりませんよ、ただ見えないだけですから」

有樹の問いかけに、アルヴィアは左手で両目を覆ったまま、いつもと変わらぬ声で答え微笑んだ。それがかえって痛々しくて、泣き出したくなるくらい胸が痛くなる。

まずは自分のマントを細く裂き「応急手当をしておこう」と声をかけ、アルヴィアの目から後頭部へ巻き強く結んだ。次に彼の腕をそっと摑み立ちあがらせて、サーベルは腰の鞘《さや》に納めさせ、右手を取りそばに寄ってきた馬へ触れさせる。

「馬に乗れるか？　おれが手綱を引いて歩かせるから、国境までなんとか耐えてくれ。関所の兵に馬車を呼んでもらおう。あと少しだ、大丈夫か？」

「大丈夫です。ありがとうございます」

「……本当に、ごめん。迷惑かけて、傷まで負わせて、おれのせいで」

こんなときこそしっかりしなくては、と思うのに、どうしても声が震えてしまう。それを聞いてアルヴィアは、優しく言葉を返してくれた。

「ユリアス様。あなたが謝る必要はありません。私があなたを守れたのであればなにより嬉しいです。それに、あなたも私を守ってくれたではないですか。あなたは守られるだけの王子ではありませんね、頼もしいです」

少しも相手を責めないどころか褒めるセリフに、いま彼を力づけるべきは自分のほうなのにとおのれが情けなくなる。そののち、しっかりしろ、と再度自分を叱咤《しった》し、サーベルを納めてから目の見えないアルヴィアが馬に乗るのを手伝った。

右手に彼の馬、左手に自分の馬の手綱を握ってゆっくりと歩き出す。早くラガリアへ戻らなくてはと焦りが湧くが、目の見えない男が乗った馬を急がせるのも危なっかしい。

「城についたらラファスに怪我を治してもらえる。万が一治らなければ、おれが一生をかけて君の目になろう」

決意を込めてそう口に出すと、馬上でアルヴィアが深い吐息を洩らすのが聞こえてきた。この男は、アルヴィアのためならなんでもするという有樹の思いに、視力を失うかもしれない不安を上回る、強いよろこびを感じたのだろう。


それからおよそ三十分後、無事に辿りついた国境では、橋の両側に設けられたメルジューおよびラガリアの関所の兵にたいそう慌てられた。メルジュー城へ向かったラガリアの第三王子が一週間もたたずに帰ってきたことはともかくとして、血を含んだ布切れを目もとに巻いている第一小隊長の姿に、彼らは非常事態であることをすぐさま理解したらしい。

ラガリア側の関所で馬車を呼んでくれるよう頼むと、兵士のひとりが急ぎ馬で城へ駆けていき、一時間もしないうちに馬車を連れて戻ってきた。前方にふたり座れる御者台、その後ろにふたり分の座席がある軽装の馬車で、御者の隣にはロイーズが乗っている。

「ユリアス様！　と、え、いや、アルヴィア様はどうしたんですか！　怪我？」

ぎょっとした顔で御者台から飛び降りたロイーズに「詳細はあとだ」と告げ、必要なことだけを手短に説明した。

「道中で暴漢に襲われ、アルヴィアは私をかばい傷を負ってしまった。早くララファスのもとに連れていきたい。ロイーズ、手を貸してくれないか」

「当たり前です、急ぎましょう！　アルヴィア様、こっちへ」

目の見えないアルヴィアの腕を掴み座席へ促すロイーズの姿に心強さを感じて、少しばかりほっとした。関所の兵に礼を言い、ともにメルジューを走った二頭の馬を預け、自分もアルヴィアの隣に座って御者に城へ向かうよう指示をする。

もしアルヴィアの傷が癒えなかったらどうしよう、という不安を無理やり心の底に押し込む長いような短いような時間がすぎたあと、馬車は無事ラガリア城の前に辿りついた。関所でもそうしたのと同様に御者台から飛び降りたロイーズが、門番とともに城門を開けて敷地内へと馬車を先導し、アルヴィアの腕を掴んで座席から降ろさせる。

「ロイーズ、そう必死にならなくても私は大丈夫だ。大した怪我ではないよ」

「その出血量でよく言いますよね！　いいから大人しくついてきてください！」

わあわあと騒ぐロイーズに半ば引きずられるように歩くアルヴィアの後ろを、はらはらしながら追いかけた。足を踏み入れた城の各所で、驚きを面にしている兵や使用人とすれ違いはしたが、事情を説明している余裕もなく三人で足早にララファスのいる部屋を目指す。

部屋の見張りはロイーズに腕を引かれているアルヴィアを見て、他のものと同じく目を丸くした。それから、彼らの後ろに第三王子の姿を認め慌てて敬礼し、意図を察したらしく急ぎ広くドアを開ける。

三人で中に入り背後でドアが閉まる音を聞いてから、有樹を待っているロイーズに頷いてみせ、部屋の奥にある大きな籠に歩み寄った。細かなおがくずが敷き詰められ、ラゼナイトがたっぷり入っている皿が置かれた籠の片隅で、ララファスは小さな身体を丸め眠っているようだった。

ふわふわとした長い被毛が呼吸に合わせて微かに揺れている。モンペリエからラガリアへ戻ってのちまだ一週間ほどしかたっていないのに、盗み出されたことなどすっかり忘れたかのような安心しきった寝姿だ。

ララファスの力を借りるか否かの決定権は、基本的には王族にしかないので、いま籠の扉を開けられるのは自分だけだ。起こすのも可哀想《かわいそう》だがそうもいっていられないと扉に手をかけたら、その音に気づいたようでララファスは長い耳をぴょこんと立てた。

「ララファス。力を貸してくれ」

有樹のそんなセリフで状況を察したのか、ララファスはひょいと顔を上げた。ひとの言葉がわかっているらしき彼を真っ直ぐに見つめ、なるべく簡潔に告げる。

「私の大切なひとを、君の力で癒やしてくれないか」

開けた扉からそっと手を差し入れたら、ララファスはひとかけらのラゼナイトを咥《くわ》えて近寄ってきた。有樹の手のすぐそばに座り込み、長い尻尾を揺らしながら、かりかりと音を立ててラゼナイトを食べている。力を貸す、という意味なのだろう。

いったん籠から離れて、ロイーズに腕を摑まれているアルヴィアの手を取った。ゆっくりと籠の前まで歩かせ、大人しく座り込んでいるララファスに指先を触れさせる。

途端に部屋中に真っ白な光が充ち、眩しさのあまり目を瞑った。モンペリエの城でも王を助ける際同じ光に包まれたはずなのに、何度見てもそのまばゆさには驚いてしまう。

瞼を閉じていてもわかるほどの輝きがようやく収まってから、おそるおそる目を開けると、部屋の中はいつも通りの明るさに戻っており、ララファスは先ほどと同じく籠の片隅で丸まっていた。まずはアルヴィアの手を引かせ籠の扉を閉めたあと、自分でもなぜ小声になってしまうのかわからないいまま、ひそひそと訊ねる。

「……アルヴィア。大丈夫か？　その、変な感じとか、していないか」

「ええ、大丈夫です。いま私が触れたのはララファスですか？」

「……そうだよ」

問い返されたので短く答え、ひとつ大きく深呼吸してから摑んでいた手を離し、彼の背後に回った。メルジューの草原で自分が巻いた布の結び目をそっと解き、これもまた小さく名前を呼ぶ。

「……アルヴィア」

声をかけても少しのあいだ動かず立っていたアルヴィアは、それから特にもったいぶるでもなく振り返り、緊張で息を止めている有樹ににっこりと笑いかけた。その美しい顔には傷ひとつなく血のあとも消えており、いつのまにかすっかり見慣れていた翠色の瞳にも濁りはない。

「……見える、のか？」

つかえつつ問いかけると、アルヴィアは真っ直ぐに有樹を見つめ「はい」と答えた。

「ユリアス様の顔が、ちゃんと見えていますよ。あなたとララファスのおかげですね、ありがとうございます」

「……そうか、……よかった。本当に、よかった。もし君の目が見えなくなってしまったらどうしようかと、……心配だった」

全身に充ちていた不安が抜け出していくような安堵の溜息をついてから、思ったままをただ声にすると、アルヴィアがふと笑みを深めた。身を屈めた彼に耳もとでこんなセリフを囁かれ、今度は頬が熱くなる。

「あなたが一生をかけて私の目になってくださってもよかったのですが。そうすればずっと、あなたのそばにいられます」

そこで、アルヴィアの声が聞こえていたのかロイーズが咳払《せきばら》いし、「アルヴィア様はいつもそうなんだからまったく」とまさに呆れたといった調子でぶつぶつ零したものだから、つい笑ってしまった。

つられたのかおかしそうにくすくす笑うアルヴィアの曇りない表情を目にして、よかった、いつも通りの彼だと再度小さくほっと吐息を洩らす。

籠の隅で丸まっているラファスに礼を告げてから、アルヴィアが汚れた武具とマントを外しロイーズに渡す姿を見守った。自分も彼にマントを預けたのち、ふたりを連れて部屋を出たところで、見張りの兵とともに外で待っていた配下からこう告げられた。

「ユリアス様。それからアルヴィア様。王が玉座の間でお待ちです」

「ああ……。すぐに行くと伝えてくれ」

王子が王の許可を得ずひとり城を抜け出した以上は呼びつけられ怒られるのも当然だ、と観念して答えたら、配下は「はい」と言って一礼し足早に去っていった。それを見送ったのち、彼の背を追うように玉座の間へと続く廊下をのんびりと歩き出す。

その途中でロイーズに「すまなかった」と謝罪すると、からりとした陽気な笑い声を上げてから彼はこう答えた。

「王にこっぴどく叱られましたよ。関所の兵士から、ユリアス様はメルジューの城にいるから心配ないという知らせを受けるまでは、僕自身も生きた心地がしませんでした。無事に戻ってきてくれてよかったです」

「……本当に悪かった。君を騙すような形になってしまったことは反省している」

「我が国の第三王子は自由奔放ですねえ。詳しいことは聞いてませんが、アルヴィア様を助けるためにメルジューまで行ったんだとか？　僕はユリアス様のそういうところも好きですから、気にしてません。でも、今後はこっそりいなくなるんじゃなくて、僕も連れていってください。ひとりだと危ないです」

　優しい表現ながらもちくりと釘《くぎ》を刺され、神妙に頷いた。身勝手に城から抜け出したというのに、この男はそれでも自分の身を案じてくれていたのだと思うと、素直に申し訳ない気持ちになる。

　城の入り口に戻る階段でロイーズと別れ、そこから先はアルヴィアとふたりで玉座の間へ向かった。有樹たちを認めた見張りの兵士が開けてくれた扉から中に入った間には、いつも通り玉座に腰かける王とその側近、ふたりの護衛の姿がある。

「ユリアス。まずはおまえの言い分を聞こう」

　玉座の前にアルヴィアと並んで片膝をつくと、難しい顔をした王からそう告げられたので、手短にメルジュー城での出来事を説明し、最後にかの国の王が口にした言葉を伝えた。

「メルジュー王は、焦りのあまりまわりが見えていなかった、ラガリアの王に謝罪するとおっしゃっていました」

「かの王が納得したというのならば、その点については評価しよう」

　黙って有樹のセリフを聞いてから、王はひとつ頷き口を開いた。

「我が国の騎士団を借りたいと願い出るほど思い詰め、現状を把握できなくなっていた王の理解を得るには、それなりの時間がかかるものと考えていた。それがたった一度の話しあいで王の目を覚まさせるとは、大したものだ」

「……私ではなく小隊長の説得が奏功したのかと」

「ふたりでなしたことならば両者の功だ。しかし、それはあくまでも結果にすぎない」

王はそこで口調を厳しいものに変え、有樹をじっと見た。処罰を受ける覚悟はしていたものの、温厚な王にこうも鋭い目で睨まれるとは思っていなかったので、畏怖の念と同時に単純な驚きが湧く。

「ユリアス。結果はどうあれ、おまえが取った行動は無謀にすぎる。聞けば小隊長も怪我をしたそうではないか」

痛いところを突かれて咄嗟に返事ができずにいると、王はその有樹を見つめたまま続けた。

「我々王族は常に慎重に動かなければならない。強い権力は一歩間違えれば弱点にもなりうる。万が一おまえが王子として何者かに拐《かどわ》かされ人質に取られたら、どれだけの人間が打撃を受け、誰が責任を取る？　おまえは自身がそうした立場にあるという自覚をもっとしっかり持つべきだ。今後は同様の行いを決してくり返さないように」

「……はい。以後気をつけます」

「しばらくのあいだは、なにがあってもおまえひとりで城を抜け出せないよう厳重に配下に見張らせる。最近の様子を見る限り、私が思っていたよりおまえは大人になったようだから、いままで以上に王族としての仕事も割り振る。息苦しかろうが忙しかろうが、おまえがおのがありかたを身にしみてわかるまでは勝手に出歩かせはしないので、そのつもりでいるように」

かしこまって答えた有樹に王はいかめしい声でそう告げ、いったん口を閉じた。それから、有樹が反論しないのを見て取りもう一度頷いて、最後に少しばかり口調を和らげ「ご苦労だった。ふたりとも下がっていい」とつけ加えた。

アルヴィアを視線で促して一緒に立ちあがり、深く一礼してから玉座の間をあとにした。廊下の左右に控える配下たちのあいだを無言のままで歩き、ひとの目から逃れた階段の踊り場で足を止め、すぐ後ろにいるアルヴィアを振り返り他人に聞かれないよう声を潜めて言う。

「宴のあった日に話せなかったことを、ちゃんと伝えたい。どこかふたりきりになれる場所へ連れていってくれないか」

有樹の言葉が予想外だったのか、二、三度目を瞬かせたアルヴィアに、「頼む」と小さくつけ足した。今後しばらく自由に動けなくなるのなら、先日うまく説明できなかった、自分は本物のユリアス王子ではないのだ、という事実を彼に伝えるチャンスも少なくなってしまう。ならば、王の命がまだ行き渡っていないいまのうちに、ゆっくり話をしたほうがいいだろう。

アルヴィアはいくらか考えるような顔をしてから、有樹ににっこりと笑いかけて、小声でこう答えた。

「わかりました。では、王の指示が出る前に、少しだけ城壁の外へ行きましょうか。城の近くにいる分には危険もないでしょう。ついてきてください」

「ありがとう」

「もしあとで誰かに苦言を呈されたら、私に無理やり引きずり出されたと言っていいですよ」

彼のセリフにびっくりし、まさかそんなことはしないと慌てて首を横に振って示したら、面白がっている顔でくすくすと笑われてしまった。そうした言い訳のできない有樹の性格を知っているからこそ口に出した冗談に、本気で反応されたのが愉快だったらしい。

常から優しく微笑んでいる男ではあるが、少なくともモンペリエを旅していたころには、面白いだとか愉快だとかいう感情をこうも赤裸々に面にすることはあまりなかった。なのにいまは隠さず見せてくれるのだと思い、メルジューからの帰路に寄った宿屋でもそうだったように、じわりと嬉しさが湧く。

恋を囁きあい身体をつなげて、自分と彼とのあいだにあった距離は確かに縮まったのだ。また、命を守られ、守り、絆《きずな》は強固になった。それらの事実がこんなにも胸をあたたかくするなんて知らなかった。

踊り場からは先に立ったアルヴィアの背を追いながら、密かに大きく息を吸い、ゆっくり吐いた。

初恋、か。なるほど、初恋だ。甘酸っぱい単語を頭の中であちらこちらへ転がしては、自分が味わっているはじめてのよろこびを改めて実感する。

そしてまた、彼が恋情を向けるべき相手は自分ではない、彼を騙しているようで申し訳ないという、しばしば湧きあがる引っかかりをも再認識した。

アルヴィアが好きであるからこそ、このまま知らぬふりをして初恋に酔っているわけにはいかないのだ。彼に、そして自分に誠実であるために、いまこそすべてを打ち明けなければならない。

アルヴィアに連れていかれたのは、東門のすぐ外に広がる森の中だった。万が一他国が攻め入ってきた場合の足止めとなるように、ラガリア城は城下町へ続く北側を除いた三方に豊かな自然を残している。

真っ直ぐに空へ伸びる木々の合間を少し歩いた先に、幾ばくか開けた空間があり、近くには小さなログハウスが見えた。外に丸太が積まれているから、森で採取された材木などを置いておく場所なのだと推測された。

森の中に立つログハウス、地面には木の葉や木の実が散らばっていていくつか切り株がある。その光景を目にし、なぜかふと懐かしさを覚えて戸惑った。

この世界に入り込んでからは、ほとんど国外にいたので、ラガリア城の周囲を散策する余裕はなかった。だから、こんなところに来たことはないはずなのになぜだろう。モンペリエやメルジューの問題がひと段落したからほっとして疲れが出ているのか、いわゆるデジャビュか？

「ここは私にとってとても大切な場所です。私は時々ひとりで訪れていましたが、この場所であなたとふたりきりになるのはもう十年ぶりですね」

有樹を先導して歩いてきたアルヴィアは、あたりを見回し他に誰もいないことを確認してから振り返り、懐かしげにそう言った。有樹がユリアス王子としてこの世界にやってきてから一か月半ほどしかたっていないので、十年ぶりと言われても当時なにがあったのかはわからず、曖昧な顔で首を傾げることしかできない。

アルヴィアはその有樹を見て、「やはり覚えていないですか」と言い微かに笑った。彼の美貌には追憶のみならず、過去を、またいまこの瞬間を愛おしむ表情が浮かんでいる。

「ユリアス様。十年ほど前にこの森の中で、私とあなた、ふたりきりで語りあいました。あのときの記憶は私の宝物です。あなたは私に、立派な王子とはどんなひとなのか考えているのだと言い、どうすれば頼もしい大人になれるのかを問いました」

彼が発したその言葉に、つい目を見張った。ぞわりと手足が痺れるような感覚に襲われるとともに、十年間ずっと胸の中にしまっていた、そして何度もくり返し思い出していた記憶が改めて蘇る。

十年前、ひとけのない森の中でひとりの青年に出会った。有樹は彼に、それまで誰にも訊けなかった疑問の答えを求めて問いを投げかけたのだ。

――立派な王子ってどんなひとなのかな？　おれにはまだよくわからないんだ。

――どうすれば頼もしい大人になれるのか、教えてくれる？

そうしたら青年は、有樹の前に片膝をつきこう言った。

――いつでも真っ直ぐに、素直に物事を見るよう心がけましょう。それから、清らかさとひとへの優しさを大事にしてください。

「私は、真っ直ぐに素直に物事を見るよう心がけ、また、清らかさと優しさを大事にしてほしいと答えました。あのあと何度か言及しましたが、あなたは不思議そうな顔をするばかりでしたから、覚えてはいないのでしょうね。それでも、我が国の第三王子は自らが言っていた通りの、立派で頼もしい大人になりました」

穏やかな口調で続けるアルヴィアに声を返すことができなかった。自分の記憶と彼の記憶がこんなにも合致するのはなぜなのか、咄嗟には理解が追いつかない。

あのとき出会った青年に自分は、頭の中で描いていたお気に入りのキャラクターにイメージが重なる美しさと誠実さを感じた。そのキャラクターとは誰か、思い返すまでもない。のちのラガリア国騎士団第一小隊長、アルヴィア・ヴァレだ。

そして十年前、青年と語りあった森の中にも、ログハウスがあった。

そこでふっと、いままですっかり忘れていた青年のセリフの続きが蘇ってきて、両手の指先がぴくりと微かに震えた。当時の自分にはまったく意味がわからなかったから、記憶の底に眠っていたのかもしれない。

青年は有樹にこうも告げたのだ。

——私は、そうした真っ直ぐで清らかな人物を、この命尽きるまで守りたい。

「あのときに私は、この命尽きるまであなたを守ろうと心に決めました。モンペリエでも言ったでしょう？　少年ながら真摯に自身のありかたを考えるあなたの姿は、それほどに強く私の胸を打ったのですよ。あなたは私にとって十年前から、一生を捧げると決意した、誰よりもなによりも大事な王子です」

「……ちょっと待ってくれ。アル、ちょっと待て」

混乱する思考を整理しようとなんとかそれだけを言ったら、アルヴィアは有樹に従って口を閉じた。他にはひとけのない森の中でふたりそろって黙ると、耳に届くのは通りすぎる風が木の葉を揺らす音だけになる。しかしそれも途中から聞こえなくなるほど必死になって頭を働かせた。

いままで深く考えていなかったが、そういえばこの世界は、また、この世界で生きる人々はいつから存在しているのか。ふたつの世界の境界だと思われる真っ白な空間でユリアス王子に出会い、あとを託された以上は、自分が入り込んだときにはじめてできたわけではないのだろう。

この物語を書いていたのは自分だ。無理やり書きかえてエンドを打ったのも自分だ。だから、創造主として正しい結末まで導けと物語から呼ばれたのだ、それは間違いない。だとすると、自分を呼んだ物語が登場人物を伴うひとつの世界として生まれたのは、自分が入り込む数分前？　数時間前？　数日前？　数年前？　どのタイミングだ？

「……君が十年前にここで会ったおれは、どんな格好をしてた？　服装とか」

「服ですか？　ああ。そういえば、ラガリアでは見ない衣服を身につけていましたね。他国からの贈り物だったのでしょうか」

有樹が口に出した質問の意味がわからないといった顔をしつつも、アルヴィアは訊かれるままに答えた。そのセリフにぞくぞくと興奮のようなものが這いあがってきて、すぐには言葉を返せずただ頷いてみせる。

いつもとは違う格好をしたユリアス王子、作中でそんな描写をしたことはない。そもそも、森の中でアルヴィアと語りあうなんてシーンは書いていない。

著者校正で大きく修正したため不安定になっていたから、この世界と自分が綴ってきた物語とのあいだには、ずれがあるのだと考えてきた。しかし、アルヴィアが口にする少年時代の王子との話には、それだけでは説明できない点がある。

そこでふと、十年前に森で出会った青年に紺青色の石を渡したことを思い出し、おそるおそる訊ねた。

「……アル。君は、石を持っているか。青くて小さいやつだ」

アルヴィアは有樹の問いに幾度か瞬きをしたのち、懐から紺青色の小石を取り出して嬉しそうに笑った。

「もちろん。あなたからいただいたものですから、いつでも身につけて大事にしていますよ。あのときの記憶だけでなく、この石もまた私にとっての宝物です。幼いころの出来事でもありますし、あなたはすっかり忘れているようでしたが、思い出してくれたんですね」

アルヴィアがてのひらに乗せている小石をまじまじと見つめた。間違いない、十年前に青年へ、相手をしてくれたお礼として渡したものだ。当時大切にしていた子どもなりの宝物だったから、見間違えるはずはない。

今度こそ全身に鳥肌が立ち、思わず喉を鳴らした。どういうことだ？　あのとき森の中でなにが起こっていた？　予想外の展開に咄嗟には情報を整理できず、ひとつひとつの重要な要素が、まとまりなく頭の中で跳ね回っているような感じがする。

紺青色の小石を丁寧に懐へしまい直すアルヴィアを見つめ、またしばらく無言で考えてから、別の問いを声にした。

「じゃあ君は、十年以上前のことは覚えているのか？　子どもだったころ誰とどんなふうに遊んでいたとか」

アルヴィアは今度は少し悩むような表情を浮かべ、いくらかの間を置いたあと言った。

「覚えています。どのような家庭に生まれ、どういった少年時代をすごし、城で剣を預かることになったのか、記憶にあります。ただ、むかしのことですから、いざ振り返るといまいち実感が伴いませんね。十年ほど前、二十歳のころからの思い出にははっきりとした現実感があるのですけれど」

彼の返答に再度頷いた。十年以上前のことは記憶にあっても実感がない。それはつまり、自分がキャラクターを作るうえでざっくりと彼らの生い立ちを考えたから、アルヴィア自身も覚えてはいる。しかし物語として記しはじめたのはユリアスが自分と同じ十歳、そしてアルヴィアが二十歳だった十年前からだから、それよりむかしのことは実は経験していない、ということだ。

要するに、自分が鉛筆を握って小説を書きはじめたあのとき、同時にこの世界が生まれたわけか。ならば、十年前にこの森でアルヴィアが出会った、普段とは異なる出で立ちをしたユリアス王子、と彼が信じ込んでいる人物は誰だ。そんなものは、これ以上考える必要もないほど明白だ。目に映る光景は懐かしく、交わした会話の記憶はアルヴィアのものと完全に合致している。なにより紺青色の小石という物理的な証拠がある。十年前にログハウスの見える森の中で語りあったふたりはアルヴィアと、そして自分であるに違いない。

今回小説世界が作者を呼び寄せたのと同じように、あのときは、物語の進行に悩んでいた自分が無意識にもお気に入りのキャラクターを呼んだのか。あるいは作者が答えを求め、小説世界に迷い込んだ？　いずれにせよ十年前にふたつの世界は、おそらくはアルヴィアのいた城の東側にある森と、自分が観光地で足を踏み入れた知らない森という地点でのみ、いったんリンクしていたのだ。

その後自分はアルヴィアの言葉をヒントに、十年かけてユリアス王子が成長していく物語をこつこつと書きためてきた。小説の中でも十年がたっているから、それに従いこの世界にも十年の月日が流れ、いま大人になった王子として自分が、また十歳年を重ね一騎士だった青年から小隊長になったアルヴィアがここに立っている。

ふたりは、国境近くのモンペリエの宿で有樹が目覚めたときにはじめて出会ったのではない。あれは、十年ぶりの再会だったということだ。

「……アル。もう一度教えてくれ。君は、十年前にこの森で話をしたおれの姿を見て、大事に守ろうと思ったのか？　それ以前でも、以降でもなく？」

進んでは戻るまどろこしい有樹の問いに、彼は呆れるでも焦れるでもなく答えてくれた。

「そうですよ。騎士団が仕えるのはまず王であるには違いないにせよ、私が最も大事に思っているのはあなたです。それは、十年前にここであなたと語りあったことがきっかけです」

「……おれを、その、恋愛の意味で好きになったのは？」

「いつかも言ったように、ララファスを取り戻すためモンペリエ城に向かっていたときですよ。いまさらどうしたんです？」

ひとつひとつ慎重に問いを重ねる有樹がおかしかったのか、彼は少し笑って続けた。

「ここで話をして以降十年間ずっと見守ってきましたが、やはりモンペリエを旅していたころからのあなたは少し雰囲気が違いますね。だからこそ私の思いは恋に変わったのでしょう。ただ、あなたの持つ真っ直ぐで清らかな心根の部分は少しも変わっていません。その心根を私は守りたい、この気持ちはむかしもいまも同じです」

君のほうが余程真っ直ぐだ、と言いたくなるようなセリフを聞かされ、どう答えればいいのかわからずまた二、三度頷いて返した。そののち密かに深呼吸をして、努めて冷静に考える。

つまり、ふたりはあのときこの森で出会って互いに心動かされ、十年たった現在、再会して恋に落ちたのだ。心根の部分は同じなのだとしてもユリアスと自分には差異がある、そこにこそ恋をしたとアルヴィアが言ってくれるのであれば、おのれは彼の愛すべき王子ではないのだなんてしょんぼりする必要はないのかもしれない。

なにせ自分も彼も最初から、他の誰でもなくいま向かいあっている相手に強い思いを抱いたのだから。

ではこれらの事実をどう伝えればアルヴィアは理解してくれるのか。またしばらく無言で考えたのち、多少遠回りであってもなるべくわかりやすい順序で説明しようと決め口を開いた。

「……おれはいまから、君にとっては突拍子もない話をすると思う。でも、嘘もごまかしもない本当のことだから、ちゃんと聞いてくれ」

最初にそう前置きをしたら、真剣さが伝わったのか、アルヴィアは真っ直ぐに有樹を見つめて「はい」と答えた。その彼に、いまさら喋るのは苦手だなんていっていられないと、頭の中で懸命にセンテンスを組み立てながら告げる。

「……君が十年前にこの場所で話をした相手は、おれだ。内容も、その石を渡したのも覚えてる。でも、その後のユリアスはおれじゃない。そして、モンペリエの旅以降、君と一緒にいたユリアスはおれだ。ユリアスはおれで、おれはユリアスだけれど、同じ人間じゃない」

「同じ人間じゃない？　いえ、同じでしょう。確かに少し雰囲気が変化しましたが、それはあなたが素を見せてくれているからだと思っています。なにより、あなたはどこからどう見てもユリアス様ですよ。姿は変わっていません」

「同じなら、君と十年をすごしたユリアスが、ここでの出来事を知らないはずがない。万が一忘れたんだとしても、いま急に思い出したりしない。あの日この場所で君と話をしたおれと、そのあとラガリアで暮らしてたユリアスと、いまのおれは連続してないんだ」

有樹の言葉に思うところがあったのか、アルヴィアはそこでは意見を挟まず、黙って視線を落とした。すぐにはのみ込めないながらも、有樹がなにを言いたいのか理解しようと考え込んでいる、といった表情だ。

笑い飛ばされなかったことにまずはほっとした。少しの間を置いてから、現在起こっている出来事の根底となり、またアルヴィアにとっては最も信じがたいだろう事実を慎重に口に出す。

「……前にもちょっと言ったけれど、おれは作家なんだ。架空の世界を舞台にした物語を書いていた小説家だ。その物語の主人公はラガリアという国の第三王子で、おれが彼にユリアス・ルネストルという名前をつけた。おれ自身は本名も筆名も、有樹だ。沢上有樹」

アルヴィアは驚いたように視線を上げて、まじまじと有樹を見つめ、そののちに難しげな顔をして「……物語？」と呟いた。まったく意味がわからない、というのではなく、有樹のセリフの意味がおおよそわかるからこそ、彼にしては珍しく混乱しているのだと思う。

ならば説明のしようもあると、ひとつひとつ言葉を選んで声にした。

「おれは、自分と同じように年を重ねていく王子の物語を、十年前に書きはじめた。にわかには信じられないだろうが、ここはその物語の世界だ。この世界はおれが書きはじめた十年前に生まれて、それ以前は存在していなかった。おれがいまここにいるのは、事情があって物語を途中で終わらせようとしたとき、作家として結末まで世界を導いてくれと、本物のユリアスに呼ばれて入り込んだからだ」

「……つまり私がいるこの世界は、ここと異なる世界であなたが考えた物語の中、と言いたいのですか？　私の古い記憶に実感が伴わないのも、ここが本来は実在しないからだと？」

まだ混乱していつつも、有樹の発言を少しずつ理解しはじめたらしく、アルヴィアは低い声でそう問うた。眉をひそめている彼の表情を見て、どうやら自分の説明はうまくなかったらしい、というよりこんな話を聞かされれば誰でもそうした反応をするかと、さらに注意深く返事をする。

「いや、ちょっと違う。君の言う通りここは異なる世界でおれが書いていた物語の世界だけれど、どっちかが実在してどっちかは実在しないとかじゃないと思う。なにせおれはどちらの世界でも生きてるし、君も十年前にふたつの世界が交わる場所にいて、実際にふたりで話をした。ならば、おれと君にとっては両方の世界が実在しているといえるんだろう」

「……確かに、にわかには信じられませんが、……もう信じるしかありませんか。この世界やユリアス様の存在が、あなたの話通りのものだと考えると、すべて辻褄が合います。なにより、あなたがでたらめなことを言うとは思えませんし」

アルヴィアはまた少し黙ったあと、かつてなく真剣な表情で、誰かにというより自分に対して理解を促すように、そんなセリフを口に出した。それからじっと有樹を見つめて、静かに問いかける。

「ユリアス様。いいえ、ユキ、とお呼びするべきでしょうか。あなたにとってこの世界は、自身が生み出した物語にすぎないのですか？　あなた曰《いわ》く本物のユリアス様に呼ばれて入り込んだだけで、いつかはもとの世界へ戻ろうと考えているのですか」

「違う」

慌てて短く否定したら、アルヴィアはふと、ひどく悩ましげな顔をして訊ねた。

「では、あなたにとってこの世界は、一体なんなのでしょう」

見たことのない彼の表情に思わず息をのんでから、そっとひとつ深呼吸をした。どう答えれば伝わるか、なんと言えばわかってもらえるかとしばらく考えたのちに、ただ素直に思いを明かすのが一番いいだろうと飾りもなく答える。

「いま生きている世界だよ。そしてこれからも、君とともに生きていたい世界だ」

有樹の返答が予想外だったのか、アルヴィアは幾ばくか目を見開いた。その彼を今度は自分から真っ直ぐに見つめて、なるべくはっきりとした口調で続けた。

「そもそもラガリアの物語は、十年前に君と語りあっていなければ書けてなかったんだ。おれだけで作り出したんじゃない、おれと君で生み出したんだ。だからこの世界こそがふたりのいるべき場所なんじゃないかと考えている」

「……あなたは」

「なにより、おれの意思として、ここにいたい」

口を開きかけたアルヴィアを遮り、最後まで言いきってからいったん黙った。この世界の成り立ちやありようを説明し、わかってもらえたのなら、自分の意思もきちんと声にすべきだ。でなければ彼を無駄に混乱させるだけで終わってしまう。

迷いのない有樹のセリフを聞き、アルヴィアは長いあいだ口を閉ざしていた。そののちに、いままで見たことのないような、甘さを排したひどく真剣な眼差しを有樹に向けた。

「離したくありません」

怖いくらいに強い視線についたじろいでいると、アルヴィアは有樹の両手を握り、これ以上なく真摯な声で告げた。

「あなたの名がユリアスでも、ユキでも、関係ありません。いまここにいるあなたが好きです。ともに生きていたい世界だと言ってくれるのなら、私のそばにいてください」

きっぱりとした彼の言葉に、今度は表現しがたいほどの熱い感情がこみあげてきて、咄嗟には返事ができなかった。自分が本物のユリアスでなくても彼は背を向けないのか。いまここにいる自分が好きだと言ってくれるのか。この男のことだから、そのセリフはただの綺麗事ではないし、単なる勢いというわけでもないだろう。

アルヴィアはちゃんと、彼にとっては突拍子もない話を信じ、ユリアスと有樹が同じとも異なるともいえる人間であるのだと理解した。そして、有樹がおのれとは違う世界にいたことも把握した。それでも恋情は変わらないのだと断言し、また、だからこそ有樹がもとの世界へ戻ってしまうのではないかと不安を覚えているのだ。

すぐには答えられずにいる有樹を見てなにを感じたのか、アルヴィアは手の力を強めて言いつのっ

た。

「私はもうあなたを失えないのです。あなたは私のすべてです。けれど、私はあなたにとって、自身の考えた物語の登場人物というだけの存在なのでしょうか」

「……違う。この世界のひとはみんな生きていて、おれが作った登場人物だとか、そんな単純なものじゃない。アルだってそうだ、この世界で生きるひとりの人間だ」

喉の奥で引っかかっていた声をなんとか絞り出し、そこで一度大きく息を吸い、吐いてから、アルヴィアを見つめて続けた。

「そして、おれの愛する男だ。おれももう、君を失えない」

声にして、おのが耳で聞いてから、自分はいまはっきりと他のなによりも誰よりも彼を重要視しているのだと再確認した。彼のいない空間、時間で生きることなど考えられない。

まわりにうまくなじめぬまま夢中になって小説を書いていた、あの世界も大事なものだ。不器用ながらも二十年を自分なりに一生懸命すごした場所なのだから当然だ。

それでもこの世界で、アルヴィアのそばにいたい。彼とともに筋書きのない未来を築いていきたい。

アルヴィアは、有樹がはじめて愛という言葉を使ったことに驚いたらしく、目を見開いていた。その彼に自分の思いがきちんと伝わるよう、ひと言ひと言を大切に声にする。

「この世界ではおれもただひとりの人間だよ。考えていた物語の結末だってとうにすぎてるし、今後なにが起こるかもまったくわからない。だからこそ、これからの未来を君と一緒に作りたいと願っている。いまのおれにとって、君はなにより重要な存在だから」

有樹のセリフに、アルヴィアは一度だけ喘ぎにも似た息をついた。よろこびに震える魂が唇から零れてしまった、というような吐息を聞いて、まるで心をぎゅっと摑まれたみたいにこちらの呼吸まで乱れてしまう。

「愛しています。あなたが同じ思いでいてくれるなら、嬉しいです」

しばらく黙っていた彼は、聞いているほうが切なくなるような、僅かばかり掠れた声で告げた。

「先ほども言ったように、あなたがユリアス様でも、ユキでも、もう関係ないんです。いまここにいるあなたを愛しています。ずっと一緒にいてほしい」

「ずっと一緒にいるよ。だって、そばにいられないと、さみしいじゃないか」

彼につられて掠れる声で応え、笑みを浮かべてみせた。彼を安心させるために明るく笑いたかったのに、おそらくは泣き笑いのようなみっともない顔になっただろう。

アルヴィアはその有樹を認めて、苦しいくらいに愛おしいとでもいわんばかりの表情を見せた。それから握っていた手を離し、今度は腕を取って有樹を引きずるように歩き出した。

アルヴィアがなにをしたいのかわからないまま、時々つまずきながらもついていくと、ログハウスの前で足を止めた彼に中へと引きずり込まれた。はじめて見るログハウス内は、外と同様に丸太が積まれていたり、斧《おの》や木槌といった工具が隅に置かれていたりと、汚れてはいないものの雑然としている。

しかしそれらをじっくりと眺める前に、ドアを閉め振り返ったアルヴィアに強く抱きしめられて、思わず息を詰めた。目に映るもの、小さな窓から射し込む陽の光さえ、素っ気ない絵に変わってしまったかのように頭の中で意味をなさなくなる。

彼の体温と力強い腕と、耳もとに触れる吐息以外なにも感じられなくなるほどの、熱く切実な抱擁にくらくらした。

「あなたがいまここにいて、私たちが愛しあっていることを確かめたいです」

甘い囁きというよりも、先刻よりさらに真摯な声でそんなセリフを吹き込まれて、ますます目が眩んだ。

「何度でも言います。あなたが好きです、愛しています。他の誰でもなく、いま抱きしめているあなたこそが、私の愛するひとです」

「おれは」

「だから、あなたがここで生きていて、肉体と感情を持っていて、私の思いを受け止めてくれていることを、教えてください。あなたと結ばれたあの夜が夢ではないと、ちゃんと、いますぐ、教えて」

有樹の声を遮り言葉を連ねながら、彼は腕の力を強めた。もう一度身体をつなげたいと訴えられていることは当然わかった。彼の求めはきっと、ただの肉欲からというのではなく、そのセリフ通りふたりが愛しあっている実感がほしいからこそ発されたものだろう。それも理解できた。

ならば拒む理由があるか？　こんな場所でも、日の照る時間でも、自分だって彼と思いを通じあわせていることを今一度実感したい。

「……だったら、おれの身体と心を、好きなだけ暴いて、……確かめてくれ」

途切れ途切れになんとか答えたら、その言葉に驚いたのかアルヴィアは先の有樹と同じように一瞬息を詰め、それから腕を緩めて「愛しています」とくり返し唇を重ねた。

いつもより深くて長いキスのあと、ジャケットを脱がされた。アルヴィアらしい優しい手つきにほっとして彼を見たら、丁寧な仕草に反し、翠色の瞳は激情に駆られているかのような熱を帯びていた。それを認めた途端にぞくりと興奮がこみあげてくるのを感じ、思わず小さく喘いでしまう。この男はいま、逸《はや》る心をなんとか抑え込み慎重に自分に触れているのだ、自分のことを本当に大事に思ってくれているのだ。そう考えると、嬉しさが湧くと同時に、こちらまでそわそわと気持ちが急いた。

アルヴィアが欲しい。確かに愛しあっているのだと、身体も心もつなげて、早く確認したい。

壊れ物を扱うような指先でシャツをはだけられ、ベルトを外されたので、おそるおそる手を伸ばして彼のシャツのボタンを外した。ここでされるがままになっているのはあまりに情けない、自分も彼を求めているのだとちゃんと示したい。

とはいえ、性的行為のために誰かの服を緩めるのなんてはじめてなのだ。緊張のあまり手が震えて悪戦苦闘していると、そっと額にキスされて、つい顔を上げたら甘く微笑まれた。愛おしくてたまらないというように見つめられ、今度はどきどきと胸が高鳴りはじめる。

すべてを打ち明けて、それでも変わらぬ思いを向けてくれる彼の態度に、胸の中にあった引っかかりはすっかり姿を消していた。彼がいま見つめているのは、『ラガリア物語』のユリアス王子の面影ではなく、ただの有樹としてここにいる自分だ。葛藤を乗り越えた恋心は間違いなく強さを増しており、だからこそ余計に鼓動が速まるのだと思う。

有樹がアルヴィアの服のボタンを外し終えるまで待ってから、彼は右手を素肌に伸ばしてきた。他のどこを撫でるでもなく、すぐに乳首をまさぐられて小さな声が洩れる。

「あ、は……っ」

途端に膝が崩れそうになり、はだけた彼のシャツの裾あたりを摑んでなんとか耐えた。過去二回の行為でその場所はすっかり彼の手に慣れてしまったらしく、摘みあげられ軽くつねられるだけでも痺れるような快感が全身に広がっていく。

こんな場所で騒ぐものではないと、乳首をこね回されながら必死に唇を嚙んでいたら、確かな愛情と熱情をうかがわせる声で囁かれた。

「私が戻るまでは東門を開けるなと門番に言ってあります。誰も来ませんから、声を抑えなくていいですよ。そんなに唇を嚙まないで、傷めてしまいます」

「うぁ、あ、だ、め、あ……っ」

乳首から離れた手を今度はボトムに差し入れられ、やわらかく性器を握られて、勝手に解《ほど》けた唇から細い声が零れた。少し乳首を弄られた程度なのに自分があっというまに勃起してしまったのは見ずともわかる。

「ああ。もうこんなに硬くしているんですね、嬉しいです。気持ちがいいですか？」

「ふ……、う、きも、ち、いい……っ」

焦らすように緩く擦られてびくびくと身体を揺らしながら問いに答えると、彼の手がそこで唐突に離れた。なぜだかわからず息を喘がせたまま見つめた先で、彼はふっと微かに笑い、ついいましがたまで有樹の性器に触れていた右手を口もとに運び、指先を舐めた。

「な、に……？」

ちらと覗く舌が妙になまめいて見えぞくりとしつつも、彼の行動の意味が理解できず小さく訊ねると、「乾いた指を入れたらあなたが痛いでしょう？」と返された。

「私はあなたと交わりたい。あたたかいあなたの中に奥まで入れて揺さぶって、ふたりで気持ちよくなりたいです。苦痛を与えたいわけではないですから、私とあなたがつながれる場所を広げておきましょう」

いまさら飾る気もないらしい彼の言葉に、かっと頬が熱くなった。この男は自分の身体を開くために、指を舐めて唾液で濡らしているのか。つまりその指がこれから自分の中に入ってくるのか？　そう思ったら、先日彼に快感を教えられたばかりの場所が、触れられてもいないのにずきずきと疼《うず》き出した。

いくらかためらってから、先ほどと同じようにおそるおそる手を伸ばし、彼の右手首を摑んだ。首を傾げている彼になにを言えばいいのかわからず、黙って手首を引きその指をそっと自分の口に咥える。ここでただ突っ立って彼を見ているだけなのもまた情けない。

先ほどまで屹立《きつりつ》した有樹の性器を握っていた手は微かにいやらしいにおいがして、不意に強い羞恥といままでとは異なる興奮がこみあげてきた。それでもなんとか目はそらさぬまま、長い指に舌を這わせたら、視線の先で彼がいやに色めいた笑みを見せた。

「無理をしなくていいですよ。息苦しいでしょう？　私が乞うたのですから、あなたがそんなふうにする必要はありません」

彼のセリフに首を横に振って、無理をしているわけではないし自分だって欲しているのだと示した。声にしなくても言いたいことは伝わったらしく、彼はうっとりしたように目を細め、右手は預けたまま左手で有樹の服を膝のあたりまで引き下ろした。

「では、できるだけたくさん濡らしてくださいね」

「んぅ、ん……っ」

「私があなたを求めているのと同様に、あなたも私を求めてくれているのなら、本当に、嬉しい」

囁くように告げた彼に、口蓋、それから舌の両端と、すっかり把握されているらしい口の中の弱点を指先で優しく愛撫されて、喉の奥で呻いた。舌で探られるのとは違う硬い刺激を受け入れながら、自分はいま彼に身体を開いてもらうためにその指を咥えているのだと、いまさらのようにはっきり自覚し、余計に身体も顔も火照ってくる。

一本、二本と懸命に指を舐めているあいだ、彼はずっと触れるか触れないか程度のやわらかさで有樹の尻を撫でていた。そのせいで、はじめて素肌を重ねたあの夜を鮮明に思い出してしまい、先ほどから覚えていた疼きがますます強くなる。そこを広げられてどんな感じがしたか、深く挿入されてどれだけ気持ちがよかったか、蘇る快楽の記憶に、指を咥えているからという以上に呼吸が乱れた。

「愛おしいです。あなたのことが好きで、好きで、どうにかなってしまいそう。早くあなたとつながって、愛しあっているからこそ得られる快感を一緒に味わいたいです」

しばらくのあと、有樹の劣情をあおるためではなくそれが本心なのだとわかる、胸に迫るような切なげな声で言って、アルヴィアは右手を引いた。彼のシャツに縋りはあはあ息をしていると、今度は反対の手でそっと右の手首を摑まれ服から離させられる。

「そこに、両手をついていただけますか？　この小屋で交わるなら、それがおそらく一番あなたへの負担が少ない姿勢です」

「……そ、んな、のは」

「大丈夫ですよ。怖くないですし、痛みも与えません。もしあなたが本当に怖かったり、痛かったりしたら、途中でやめましょう」

すぐ横にある丸太の山を指さされてつい怯みを見せたら、あふれ出しそうな欲望を理性で無理やり抑え込んだ、といった口調で優しく告げられた。逸りと気づかいが入り交じるその声は、恋情があってこそのものだとわかるから尻込みもできないし、そうすれば彼とひとつになれるのだと思えば、いつまでも躊躇していられない。

浅く頷いて彼の言葉に従い丸太に両手をついた。いくらかは積みあげられているとはいえ丸太の山は有樹の太腿《ふともも》か膝あたりまでしかないので、どうしたって前屈みで腰を突き出す姿勢になり、こんな格好は淫らにすぎないかと今度こそ全身が熱くなる。

背後に立ったアルヴィアは、有樹の感じている欲情や狼狽を見て取ったようで、言い聞かせるように「大丈夫ですよ」とくり返した。中途半端に脚に引っかかっていた服を足首まで下ろさせてから、唾液で濡れた指でぬるぬるとその場所をなぞる。

「あ、あ……っ、ゆ、び……、急に、い、れな、いで……っ」

すぐに、ためらいなく指を挿し入れられてぞくぞくと鳥肌が立ち、そうしたいわけではないのに非難めいた言葉が唇から零れ落ちた。アルヴィアはそのセリフを聞いて、背中にひとつ宥めるようなキスをし、しかし手は引かずにゆるゆると内側から有樹を広げつつ答えた。

「すみません。いまの私には少し余裕が足りないのかもしれない。あなたが欲しくてたまらないんです。こうして私を受け入れてくれるあなたの身体を見ていると、胸が苦しくなるくらいの高ぶりを覚えます。あなたに無理はさせないつもりですが、もし本気でいやになったら、抵抗してください」

「は……っ、あぁ、そう、じゃない……、いやじゃ、ない、けど……っ、あぅ、おれ、の、から、だ、きみ、に、見える、のか？」

「はい。一生懸命私の指をのみ込んでいる様子が、先日よりもよく見えます。早くここに、入りたい」

手をついた丸太に爪を立て異物感をなんとかやりすごしながら問うたら、アルヴィアに熱っぽい声でそう答えられたので、羞恥のあまり目の前が一瞬色を失った。はしたなく尻を突き出しているのだから当たり前なのに、はっきり口に出されると動揺する。

この体勢ではなにをしようと彼の視線から隠れられるはずはない、とわかっていつつも思わず身じろぐと、もう片方の手で腰を摑まれ、さらには指を増やされて動けなくなった。この男なら、自分が本気で抗えばそれがどんなに小さなものであれ察して手を離すだろうから、相手がいやがっているわけではないことはきちんと把握しているらしい。

その通りいやではないのだ、ただとてつもなく恥ずかしいだけだ。胸を喘がせながらなんとか耐えていたら、今度は身体の内側にある弱い箇所をじわりと押すように刺激されて、覚えていた違和感も羞恥心もあっというまに快感に変わった。

「んぅ、あ、は……っ、そ、こは……、あまり、しない、で……。気持ち、が、よすぎて、へん、だから……っ」

「変ではないですよ。あなたが気持ちよくなってくれるのなら私は嬉しいです。だからもう少し緊張を緩めて、私だけを感じていてください。私もいまはあなたしか見ていません。あなたとここでつながって、愛を確かめあうことしか考えられません。あなたは？」

「あ……っ、は、おれ、も、つながり、たい……っ、ふ、う……、あぁ」

巧みに弱点を押し撫でながら指を出し入れされて、堪えきれず濡れた喘ぎを洩らした。背を這いあがる快楽にぎゅっと目を瞑り、もう少し緊張を緩めて、という言葉に従おうとなんとか身体の強ばりを逃がす。そうしたら、アルヴィアは有樹を褒めるようにまた背中にひとつキスをして手を引いた。

そのすぐあとに、ぐっと押し当てられたのが彼の性器であることはわかった。先ほど口に出した通り余裕がないのだろう、彼はそれから、つい息を詰めた有樹に「愛しています」とだけ告げ、許しを乞うでも改めて意思を問うでもなく、ずぶりと性器を埋め込んできた。

「うぁ、あ！　あッ、あ、あ、や……ッ！」

はじめて交わったときにはじりじりと慎重に入ってきたのに、今日は一気に根元まで突き立てられて、あまりの衝撃に我知らず高い声を上げた。こんな姿勢だからなのか、前回より太いものが、あのとき以上に深く入っている気がする。

強引なまでに彼の形に広げられるのは、快楽以外の何物でもなかった。数日前、肌を重ねた夜に覚えたよろこびが、燃えるような熱さを伴いこみあげてくる。

「はぁっ、あっ、あ！　だ、め、あ……ッ」

有樹の内側の様子を確かめるように一度大きく揺すりあげたあと、彼はすぐに腰を使いはじめた。先日とは違い最初から大きな振り幅で中を掻き回されて、唇から勝手に嬌声《きょうせい》が散る。

「私とあなたはいま、ひとつになっていますよ。とても嬉しい。好きです、愛しています、もっと欲しいです。もう、抑えきれません」

背後から聞こえる切羽詰まったような声と、その言葉が本心であることを教える強い律動に、ふるりと震えた。もっと欲しい、もう抑えきれない、いつでも優しいアルヴィアがそんなセリフを口に出すくらい、いま自分は求められているのだ。好きです、愛しています、何度もくり返されたそれらの告白にも嘘はないだろう。

常から穏やかに笑っている男でも、おのれを止められないくらい必死になって誰かを欲することがある。その誰かが自分なのであれば、これほど嬉しいことはない。

「すみません。たっぷり甘やかして、たくさん優しくしたいのに、うまくいきません。こんな感情や快楽を知るのははじめてです。あなたに無理をさせたいわけではないんです、痛くないですか？　ちゃんと気持ちよくなってくれていますか？」

有樹を揺さぶりながらアルヴィアが、過去には聞いたことがないほど感情をあらわにした、情熱的な口調で問うてきたので、なんとか答えた。

「は……ッ、あぁ、いた、く、ない……、気持ち、いい……っ。きみと、ひとつ、に、なれて、うれし、い……っ。あ、はぁ、好き、すきだ、きみが、すき」

「私も、あなたが好きです。ああ、胸が張り裂けてしまいそうなこの思いは、あなたに伝わっているのでしょうか。他の誰でもなく、いまここにいるあなたを、愛しています。だから離さない」

「はな、れ、ない……っ。おれ、だって……、きみを、はなさ、ない」

もはや言葉を選ぶ余裕もないように続けられ、喘ぎ交じりにこれもなんとか返した。綺麗事などではなく彼がいま愛しているのは有樹自身なのだ。改めてそう実感し、嬉しさのあまり肌が粟立《あわだ》つ。なにひとつ隠さず愛を告げあい深くつながって、彼がはじめて知る快楽を味わっているのだというのなら、自分も同じだ。胸が張り裂けてしまいそうな思いもきっと同じものだ。この男がたまらなく愛おしい。

いまふたりは確かに結ばれている。

はじめてのときとは違う、互いに溺れあうような交合であっても、一度快感を知った肉体は彼のもたらす悦楽をあまさず受け取ったし、いま自分の中にいるのはアルヴィアだと思うと全身が燃えあがるようなよろこびも湧いた。相手がこの男であるのなら、どこでどんなふうに求められても自分は嬉しいのかもしれないと、ぼんやりしはじめた頭で考える。

そうして彼を受け入れしばらくしたころに、中を擦りあげられる刺激に慣れた身体にじわりと絶頂の予感が生まれ広がっていくのがわかった。いきたい、出したいと一度意識してしまうともうそこから逃げることはできず、手をついた丸太を引っ掻きながら小さく呻く。

その声で相手の状態を察したのか、アルヴィアは後ろから有樹の性器に右手を添え「出してください」と言った。緩く握られた途端に予感は確信に変わり、あっというまに愉悦の波が近づいてくる。

「有樹と……。有樹、と、呼んで、くれ」

細かく震えながらも途切れ途切れに求めると、アルヴィアはすぐに応えてくれた。

「愛していますよ、ユキ。あなたを、愛しています」

快楽に朦朧《もうろう》とする中で名前を囁かれ、肉体のみならず精神まで痺れるような興奮と歓喜に囚われる。そのせいもあるのか、ほんの少し擦られただけであっというまに彼のてのひらへ射精してしまった。

「は、あ……ッ、あ……！」

まともに声も出せないような恍惚にのまれて、ぎゅっと閉じた瞼の裏が一瞬真っ白になった。達した衝撃で全身がびくびくと戦慄き、止めようにも止められない。

アルヴィアは、そんな有樹の身体を左腕で支え、強く腰を使い続けた。前回は奥まで挿入したところでいったん動きを止めてくれたのに、いまの彼にはその余裕すらもないらしい。

「あぁ……っ、や……、うご、か、ない、で……！　おれの、うちがわ……、すごく、かんじる、から、まって……！」

「すみません、抑えられないんです。私は自分がこんな男であるなんて知らなかった。本当にいやなら抵抗してください」

「ち、がう……っ、いやじゃ、なく、て……っ、気持ち、よすぎ、て、おかしく、なる、から……！」

「おかしくなってもいいです、私が助けます」

達したばかりで敏感になっている中を掻き回される激しい快楽に、うっすらとした恐怖を感じ舌足らずに訴えても、アルヴィアは律動を緩めなかった。抑えられない、という言葉の通り、ひたむきに有樹を深く、浅く穿《うが》っている。

彼が欲してくれるならいくらでも応えたいと頭では思っても、絶頂感の消えない身体にさらに襲いかかる悦楽は到底受け止めきれるものでなく、立ったままの脚ががくがくと震えて幾度か姿勢が崩れそうになった。そのたびに腰を摑み直され、座り込むことも許されぬまま突き続けられて、途中で喘ぐ声も出なくなる。

有樹を貫きながら、アルヴィアは数えきれないくらい何度も、好きです、愛していますとくり返した。ありきたりなのかもしれないそんな言葉がなにより嬉しくて、愛を告げられるたびに頷いて返しているうちに、強すぎる快楽に覚えていた淡い恐怖も、時間の経過を感じるだけの理性も次第に溶けていった。

本当におかしくなる、このまま頭も身体も快感でどろどろに蕩《とろ》けてしまったらどうしよう。それでも彼が助けてくれるのならば、構わないか。

どれだけそうして揺さぶられていたのか完全にわからなくなるころに、アルヴィアは、もはや動物みたいに息を乱していることしかできなくなっている有樹へ、はっきりと高揚の感じ取れる声音で言った。

「いきそうです。いっていいですか？」

返答を促すように深くまで差し込まれ、嗄れた声を絞り出し細く「いって」と返したら、こう続けられて今度はすぐには答えられなかった。

「中に出してもいいですか？　あなたに私をもっと味わってもらいたい。私の思いを受け止めてほしいです」

中に出しても？　前回彼は有樹が拒まなくとも腹の上に出したし、アルヴィアに出会うまでは男と寝たことなんてなかったのだから、当然身体の内側で誰かに射精された経験などない。そんな行為まで許していいのだろうか、中に出されたらどんな感じがするのか、快感で半ば麻痺《まひ》している頭に困惑と期待が入り交じり押し寄せてきて、正解がわからなくなる。

有樹の混乱を察したのか、アルヴィアは次にこう訊ねた。

「ユキ。私の愛を受け入れてくれますか？　あなたを私で充たしてしまいたい」

名前を呼ばれてくらっとした。この男が他の誰でもない自分に向けてくれる愛情ならば、受け止めて味わいたい。彼の望みを受け入れてあげたい、彼に充たされたい。そんな思いに一瞬で頭を支配される。

「……なか、で、だして……っ。きみで、おれ、を、みたして」

今度は躊躇も感じず、まともに音にもならないような声で求めると、背後で彼が、は、と短く吐息を洩らすのがわかった。嬉しさと高ぶりが伝わってくる息づかいだ。それから彼は有樹の腰を掴み直し、最後にひときわ強く腰を使って、根元まで性器をねじ込み奥深くで射精した。

「あ……ッ、だめ、も……、あ……っ！」

中に注ぎ込まれるはじめての感覚に、全身へざっと一気に愉悦が広がった。彼に引きずられるかのように自分も達してしまったのだと理解したのは、一度目の絶頂よりもはるかに濃く鮮やかなよろこびに襲われ硬直した身体から、少しばかりは力が抜けてからだった。

この恍惚は、愛する男が確かに自分で快楽を感じ、極めてくれたからこそのものだ。その証拠を中で放たれて、自分は嬉しいのだ。頭ではなく肌でそう理解した。

アルヴィアはしばらくのあいだ、震える有樹の内側を味わうように腰を押しつけてから、ゆっくりと性器を抜いた。それとほぼ同時に精液があふれて太腿を伝い、その温度と感触に有樹が小さく喘ぐと、すぐに彼が丁寧に脚を拭ってくれた。多分ハンカチだと思う。

背中に何度か軽いキスをして、彼は有樹から手を離した。背後で衣《きぬ》ずれの音を立ててから有樹の横に立ち、「さあ、手を」と声をかけてくる。のろのろと目をやった彼はもう服を整えていたし、ハンカチで拭いたのか差し出されたてのひらも汚れていない。そんな彼のきちんとした姿を見て、不意に、突かれるだけで射精してしまったついいましがたの自分を思い出し、淫らにすぎたのではないかと全身が羞恥で火照った。

抑えようとしてもかたかたと震えてしまう手をアルヴィアのてのひらに重ねると、支えるようにぎゅっと握りしめられた。そのままもう片方の手を腰に回され真っ直ぐに立たされてから、同様に正面に立った彼に乱れきった服を優しく直される。

ふらつく足を持てあましつつ身を任せていたら、ジャケットもマントもしっかり着せたのちにアルヴィアは、まるで壊れ物を扱うようにそっと有樹を抱きしめ神妙に謝った。

「強引な真似をしてすみません。どうしても、あなたがいまここにいて、私たちが愛しあっていることを確かめたかったのです。怖がらせてしまったなら、本当に申し訳ありません」

「……大丈夫だよ」

「何度でも言います。あなたの名がユリアスでも、ユキでも、私の感情は変わりません。愛しています。あなたを愛していますよ」

愛しているとくり返されて湧きあがってきた、先刻よりもさらに強いよろこびに思わず小さく喘いでから、ならばちゃんと顔を見て返事をしようと、彼の胸に手をつき少しの距離を取って掠れた声で告げた。

「……謝る必要なんか、ない。おれも、自分と君がここにいて、愛しあってるって確かめたかった。……すごく気持ちよかったよ。君と愛しあっていることをちゃんと確かめられたからだよ。おれも何度だって言う。愛してる、アル。愛してる」

見つめた先でアルヴィアはまず、あまりにもストレートな有樹のセリフに驚いたのか目を見張り、そののちに感極まったような吐息を洩らした。いくらか身を屈めて有樹の唇に軽くキスをし、再度ぎゅっと抱きしめ、愛おしさと切なさが入り交じった熱い声で囁く。

「そばにいてください」

そばにいて、か。そんな単純なセリフに思いのすべてが込められているような気がして、彼と似た吐息が唇から零れた。両腕を上げて彼の背に回し、こちらも精一杯の愛情を込めて短く告げる。

「一生そばにいる」

有樹の返答が嬉しかったのか、アルヴィアは無言のままさらに腕の力を強めた。愛している、そばにいる、それ以上の言葉がなくても、交わす抱擁はいま過去にないくらいに甘くあたたかく、心の隅々までを充たした。

名前など関係ないと彼が言ってくれるのなら、他の誰でもないただひとりの自分として、この男とともに生きていこう。改めてそう決意し、彼の腕の中でそっと目を閉じた。


それから二か月ほどたったある日の午前中、呼ばれて玉座の間へ行くと、そこには王と側近がひとり、護衛がふたりといったいつも通りの顔ぶれに加え、エリオットの姿があった。病床にある自国の王のためにラガリアからララファスを奪った、大国モンペリエの使者だ。

「ユリアス王子。先日は本当にありがとうございました。その後も我が国の王は、病に倒れたことが嘘だったかのように元気で、モンペリエも徐々に落ち着きを取り戻しつつあります。すべては王子のおかげです。我々はラガリアとユリアス王子への感謝を決して忘れません」

エリオットに、あのときと同じく深々と頭を下げられ、「貴国が平穏であることを願います」とだけ返した。他国の宝を盗むなどあってはならない行動だが、反省しているのであればいまさらどうこう言う必要もないし、ララファスの一件を経て両国の絆が深まったというのなら結果としては悪くない。

王とエリオットの説明によると、モンペリエの王はラガリアへの謝意を示すため、今回の事件を引き起こした張本人に謝礼の品を持たせ、使者として差し向けたのだという。他の誰でもなくエリオット自身がラガリアの地を訪れ、王やユリアス王子に頭を下げることが、彼らの誠意であることは理解できた。

なお、モンペリエを元通りの清らかな国へと建て直すべく日々奮闘している王は、自国の問題をすっかり片づけたのちに改めてラガリアを訪れ、自らの口で礼を告げたいと考えているそうだ。

「ユリアスの言う通り、我々がいまモンペリエに対して望んでいるのは、貴国が平和を取り戻し末永く維持することだ。それ以外ではない。今後なんらかの問題が起きた際には、ラガリアにできる範囲で力を貸そう。思い悩む前に、まずは遠慮なく相談してほしい」

これ以上の詫びも礼も不要、ただし以降はくり返さぬように、という意味になるセリフで王は話題を締めた。無駄な争いを好まない王らしい発言にほっとする。

そののち、王とエリオットは互いに自国の現状や、城での出来事について語りあった。硬い表情をしていたエリオットが次第に緊張を解くのがわかり、なるほど、ラガリアの王が情に厚いといわれるのは、こうして他人に安心感を与える術《すべ》に長《た》けてもいるからなのだと密かに感心した。この国が常に穏やかであるのは、王の人柄によるところが大きいと思う。

「それからひとつ、ユリアス王子への伝言を頼まれています」

しばらく王と言葉を交わしていたエリオットは、会話が途切れたところで今度は有樹に眼差しを向けてそう言った。

「私に？　なんでしょうか」

特に身構えず訊いたら、エリオットは先刻頭を下げたときとは違う、どこか弾んだ口調で続けた。

「我が国の王女から、ぜひもう一度お顔が見たいとの言伝を預かりました。王女はユリアス王子に心惹かれているようです。おふたりの、また、ラガリアとモンペリエのあいだによい関係を築くため、ユリアス王子に会いたいという王女の願いを叶えていただけませんでしょうか」

想像もしていなかったエリオットのセリフに、すぐには返事ができなかった。モンペリエの城を訪れた際、好意を示してくれたお姫様に対し、自分はあなたに相応しい男ではないとはっきり断ったはずだ。そしてそれをエリオットも聞いていただろうに、なぜいまさらそんなことを言うのだと、内心で首を傾げる。

あのときの王女に対する言動は、アルヴィアへの恋心を自覚していたがゆえのものだったが、あるいは、王族とはいえ大国に見合わぬ小国の、しかも三男だから、あえて身を引いたのだと勘違いされたのか？

「それはラガリアにとっても実に好ましい話だ。ユリアスはどう考えている？」

答えに詰まっている有樹に、エリオット同様声を弾ませて王がそう問いかけた。大国の使者から持ちかけられた話にすっかり乗り気であるらしい。

なにを言えば彼らを納得させられるのか、しばらく無言のまま頭の中で適切な回答を探したのち、ここは素直に正直に事実を述べたほうがいいかとこう返した。

「私には、一生添い遂げると決めたものがいますので」

有樹のセリフに驚きの表情を浮かべたのは、エリオットではなく王だった。いままでそんなそぶりも見せなかった息子の告白が余程意外だったらしい。

「添い遂げると決めたもの？　誰なんだ？」

思わずといった様子で王が訊ねたのは、おのが息子の愛する人物が王族に相応しい相手なのか気になったからというよりも、単純にびっくりして、それが口に出てしまっただけであるように感じられた。ならばまだ明かすには早いかと「いずれきちんと報告します」と答えたら、王は再度驚いた顔をしたのちに、どこか納得したように頷いた。

「無謀なところもあるにせよ、大切なものができたことも影響しているのか、おまえはこのごろずいぶんとしっかりしてきた。そのおまえの意思ならば尊重しよう。エリオット殿、よい話だが申し訳ない」

「もちろん、無理強いなどはいたしません。そうした事情であれば王女も理解を示すでしょう。ユリアス王子に愛するかたがいらっしゃるというのは、私個人としても、とてもよろこばしいことだと思います」

彼らの穏やかな反応にほっと胸を撫で下ろし、「ありがとうございます」と告げた。いずれ愛するものが誰であるかを報告した際にも、王が同様に頷いてくれるかはわからない。考え直せと言われるだろうか？　しかしそのときには誠意を尽くして説得しよう、どうにもならなければ地位を捨ててでもアルヴィアとともに生きようと決意を新たにする。

その後、王の提案でエリオットに昼食をふるまうこととなり、では自分が食堂へ案内しようと有樹が申し出ると、玉座から「おまえには頼みたい用件がある」と引き止められた。王の指示で側近がエリオットを連れ玉座の間を出ていってから、なんの用件かと問うたら、こんな説明をされる。

「西の地にある農園の様子を見にいってくれ。農園の主から困り事があるという書状を受け取ったので、実際に出向き話を聞いてきてもらいたい。夕刻までには戻れるだろう」

「承知しました」

ここ二か月くらい、毎日のようにこうした仕事を命じられているなと考えつつ返事をした。頼りにされているのか、勝手にふらつかないようこき使われているのかは微妙なところだが、少なくとも所用を言いつけられるだけ信用されたということだから、なにも任されないよりはいいのかもしれない。

一礼して玉座の間をあとにし、廊下で待っていた見張りのひとりに事情を告げ、「アルヴィアとロイーズを連れていつも通り馬車で行くから、準備しておくよう伝えてくれ」と頼んだ。それからいったん私室へ戻り支度を調える。

貴重品を入れた鞄を身につけながら、ついいましがた名を口に出した男、アルヴィアのことを考えた。二か月ほど前に森で話をしたときから、彼とふたりきりになっていない。王の指示により自分には見張りがついているし、護衛として彼を仕事へ連れていく際にも、大抵の場合は他の騎士、少なくとも馬車の御者は同行する。頼まれ事も多くて忙しく、ゆっくり恋を語らう時間もなかった。

たまには愛を囁きあいたい、互いの思いを確かめあいたい。そんな願いが湧くのは不自然ではないだろう。

配下に見送られ正面の扉を出たら、その向こうにはロイーズと話をしながら有樹を待っていたらしいアルヴィアの姿があった。昼の陽にきらきらと輝くプラチナブロンドを目にして胸が高鳴り、自分はこの男に本気で恋をしているのだ、心の底から愛しているのだと、もう何度目になるのか思い知らされた。

一生添い遂げると決めたもの。先ほど王やエリオットに告げたセリフを思い出して、少しばかりそわそわした。好きだ、愛している、離さないと、森の中で互いに口に出しはしたものの、アルヴィアにとってそれらの言葉には自分と同じだけの重さがあるのだろうか。あのときから心変わりはしていないか。

「ユリアス様。公務お疲れ様です。もう少しで馬車も用意できるそうですよ」

笑顔で話しかけられ、「ああ。ありがとう」と返したら、アルヴィアは花壇を指さし嬉しそうに続けた。

「見てください。モンペリエの花屋で手に入れた種をまいたあたり、緑色の花が咲きはじめています。ラガリアの地を気に入ってくれたようでよかったですね」

「……ああ。とても綺麗だ」

モンペリエの旅路で翠色の花を目にしたときの記憶がふと鮮やかに蘇り、なんだかくすぐったくなって今度は一瞬詰まってから答えた。あのころ意識しはじめたアルヴィアのことを、いま自分はこんなにも愛おしく感じている。場所も時間も選べず森の中のログハウスで抱きあい、恋情と快感を交わすほどにだ。

いくらか迷ってから、「ちょっといいか」と言って返事を聞く前にアルヴィアの腕を掴み、半ば強引に庭の片隅へ連れていった。太い木の陰に引っぱり込んで視線を振り、近くに誰もいないことを確認したのち、背の高いアルヴィアを見つめ改めて口を開く。

「……アル。二か月前に森で話したことを、覚えているか？」

小声で訊ねると、唐突な話題に驚いたのかアルヴィアは二、三度瞬きをし、それからすぐに優しく目を細め有樹を見つめ返して答えた。

「もちろん覚えていますよ。あなたがどこから来たのか、私たちがいつ出会い、いつ恋に落ちたのか理解しています」

「……気持ちは、変わってないか。冷静になって考えたらやっぱり荷が重いとか、いっときの気の迷いだったとか後悔してないか？」

ひそひそとそう口に出してから、自分の耳で聞くとずいぶんみっともない問いだと恥ずかしくなった。他人と距離を取って生きていた自分が、こんなふうに相手の感情を確認したくなるなんて、恋とは大きくひとを変えるものであるらしい。

「いや……。おれはその」

「私の思いは変わりません」

有樹が質問を撤回する前に、アルヴィアははっきりとした口調で答えた。

「どのようななりゆきであろうと、十年前の決意も再会してのちに抱いた気持ちも、変わりません。なにがあってもこの手であなたを守ります。あなたのことが好きですよ」

迷いのない彼のセリフに安堵と高揚が湧き、思わず小さく喘いでから「おれも君が好きだ」と告げた。その有樹を認めて、アルヴィアはふと甘く色っぽい笑みを浮かべ、囁く声でこう言った。

「あなたと愛しあったときの快楽も、もちろん覚えています」

かっと顔が熱くなり、すぐには言葉を返せなかった。当然自分も覚えている。ベッドで毎晩思い出しては自らの手で快感を蘇らせるくらいに覚えてる。そんな姿を全部見られていたような錯覚に囚われて、先刻より余程強い羞恥に襲われくらくらした。

大きく一度深呼吸をし、落ち着けと自分に言い聞かせてから、なんとか口を開いた。

「……思いを確かめあって、一生そばにいると約束した。それも、覚えているか」

「覚えています。私はあなたを離さない、あなたも私を離さない。一生そばにいましょうね、ユリアス様。……ユキ」

有樹、と名前を呼ばれて、自分で自分に戸惑うほどに嬉しくなったし、ほっとした。ユリアスでも有樹でも関係ない、いまここにいるあなたが好きだと森の中でアルヴィアは言ったのだ。あのときの真摯な彼の声を思い出してじんわりと胸が熱くなる。

もうなにも隠していない、ごまかしてもいないし嘘もついていない。全部ありのままだ。それでも自分と彼は愛しあえる。

「私の命をあなたに捧げます」

そっと耳もとに吹き込まれて、湧きあがる感情がうまく言葉にならず何度か頷いて返すと、あの日同様真摯な声音で続けられた。

「一生、ともに生きましょう。一緒に未来を描きましょう、愛おしいひと」

さらには右手を取られ、手の甲に軽くキスされて今度こそ声が出なくなった。情熱的なセリフと忠誠を誓うその行為に、過去にないような幸福感がこみあげてきて思わず吐息を洩らす。

アルヴィアは、一生添い遂げると決めたものがいる、と口に出した自分と同じ気持ちでいるのだ。そして、互いに抱く愛情と決意はこれからもずっと変わらないのだと強く信じた。

ここがどこであるか、いまがいつであるかなんてもう関係がない。十年前に出会い心動かされ、そしてこのしあわせな瞬間にも目の前にいる愛おしい男と、ふたりでともに作っていく未来こそが、これからの自分にとって唯一の真実になるのだ。

あとがき

こんにちは。真式《ましき》マキです。拙作をお手に取っていただきありがとうございます。

今回は、自分が執筆した小説の中にトリップしてしまう作家のお話に挑戦してみました。小説の中に入り込む小説家を書いた小説という、ちょっとしたマトリョーシカ構造の一冊です。最後はすっきり気持ちよく締められるようにと意識して書きましたが、どうだったでしょうか。


兼守美行《かねもりみゆき》先生、このたびは素敵なイラストをありがとうございました！　頭の中に描いていたキャラクターたちや景色が、魔法のように姿を得ていくさまに感激いたしました。

また、担当編集様、いつも丁寧なご指導をありがとうございます。ご迷惑をおかけしてばかりですが、今後ともよろしくお願いいたします。

最後に、ここまでお目を通してくださいました皆様へ、心よりの感謝を申しあげます。よろしければ、ご意見、ご感想などお聞かせいただけますとさいわいです。

それでは失礼いたします。またお目にかかれますように。

真式マキ

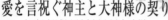

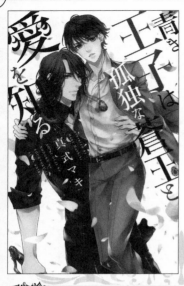

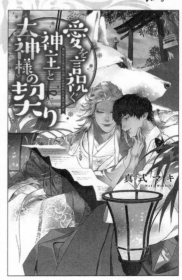

共鳴《きょうめい》

真式マキ
イラスト：小山田あみ

定価957円

天涯孤独の駆け出し画家・伊万里友馬は、自分を拾い育てた師に身体を開かされ、心を蝕まれながらも、健気に絵を描き続けていた。ある日、友馬は初めて開いた個展で若い画商・神月葵と出会う。絵に惹かれたと言われて嬉しく思う友馬だったが、同時に、穢れや陰鬱さを見透かすような彼の言動と表情に、内心で激しく動揺していた。しかし葵を忘れられず、数週間後、彼の営む画廊を訪ねる。そこで目にした一枚の絵に強く感銘を受けるが、その絵は、葵が肩入れし邸に囲って援助している画家・都地の作品だった。ギリギリの均衡を保っていた友馬の心は、それをきっかけに激しく乱されていき——。

リンクスロマンス大好評発売中

義兄弟《ぎきょうだい》

真式マキ
イラスト：雪路凹子

定価957円

IT 事業の会社を営む佐伯聖司の前に、十年間音信不通だった義理の弟・怜が、ある日突然姿を現した。怜は幼い頃家に引き取られた、父の愛人の子だった。家族で唯一優しく接する聖司に懐き、実の兄に対する以上の好意を熱心に寄せていたが、ある日を境に怜は聖司のことを避けるようになり、その変貌に聖司は戸惑う。そして今、投資会社の担当として再会した怜は、当時の危うげな儚さはなく、精悍な美貌と自信を持つ、頼りになる大人の男に成長していた。そんな怜に対し、聖司は再び良い兄弟仲を築ければと打ち解けていくが、その矢先、会社への融資を盾に、怜に無理矢理犯されてしまい——。

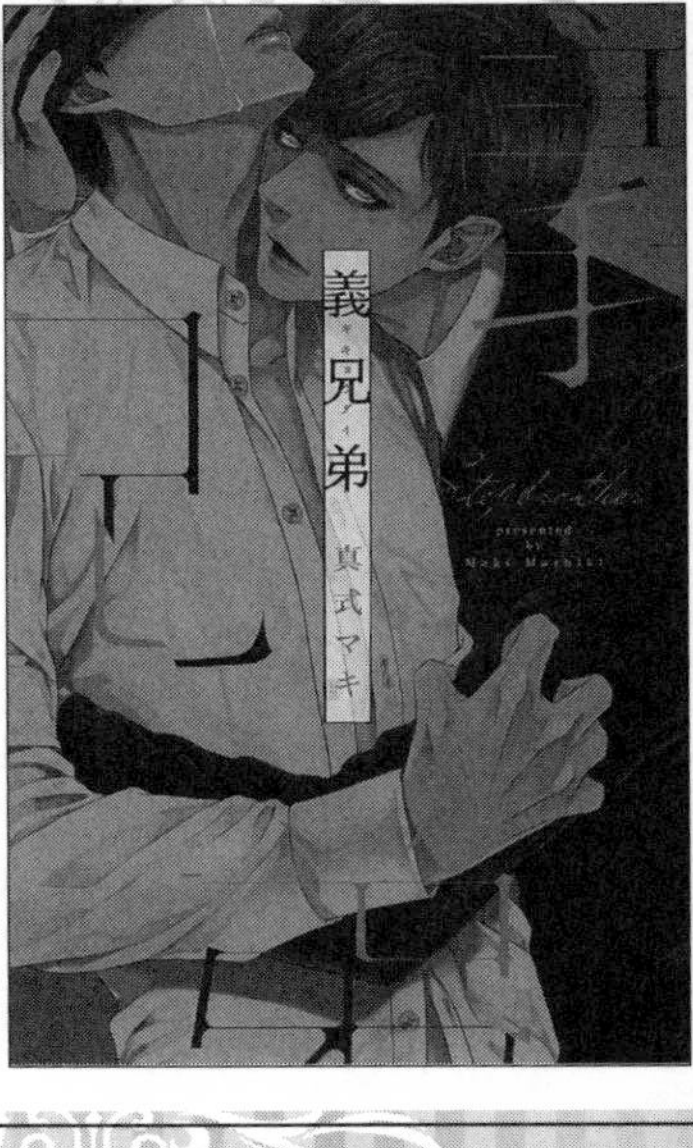

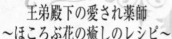

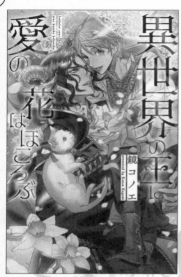

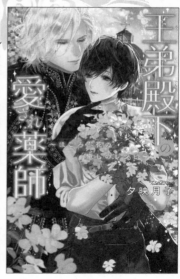

竜王子の天翔ける花

りゅうおうじのあまかけるはな

戸田環紀

イラスト：小山田あみ

定価957円

天涯孤独で身寄りのない梧桐ルカは、嵐の夜に、竜人族が住むケメルマイデン王国という異世界に召喚される。王国の第一王子であるヴィルヘルムが召喚に関わっているらしいが、呼び寄せられた理由を一切教えてもらえず、ルカは王宮内で不安な日々を送ることを余儀なくされた。そんなある日、ヴィルヘルムの弟・アーベルと出会う。アーベルはある事件をきっかけに口をきけず、そんな彼と交流を持つことで、ヴィルヘルムとの距離も縮まっていった。王国で自分の居場所を見つけ、誰かの役に立てることに喜びを感じ始めていたルカだが、その矢先、秘められた真の召喚の理由を知ってしまい——？

リンクスロマンス大好評発売中

白銀の獅子王と祝福のショコラティエ

はくぎんのししおうとしゅくふくのしょこらてぃえ

高原いちか

イラスト：サマミヤアカザ

定価957円

世界的に有名なショコラティエ・氷見湊は、九歳の時祖父が所有するビルで不思議な体験をした——。それは、エレベーターの蛇腹扉の向こうにエーアトベーレン王国という異世界が広がっていて、湊はそこからきたライオンの獣人王子・アルトリートとひと夏の輝かしい時間を過ごした。しかし別れの日、湊は寂しさからアルトリートにひどい言葉をぶつけてしまう。そんな別離から二十年、国王になったアルトリートと再会するが、邂逅を喜ぶことなく敬遠され、さらに、王家が抱える問題を知らされる。二十年前の公開もあり、湊はアルトリートの役に立ちたいと考えるが…？

この本を読んでの
ご意見・ご感想を
お寄せ下さい。

〒151-0051
東京都渋谷区千駄ヶ谷4-9-7
(株)幻冬舎コミックス　リンクス編集部
「真式《ましき》マキ先生」係／「兼守《かねもり》美行《みゆき》先生」係

リンクス ロマンス

運命の騎士と約束の王子

2021年7月31日　第1刷発行

著者……………真式《ましき》マキ
発行人…………石原正康
発行元…………株式会社　幻冬舎コミックス
〒151-0051　東京都渋谷区千駄ヶ谷4-9-7
TEL 03-5411-6431（編集）
発売元…………株式会社　幻冬舎
〒151-0051　東京都渋谷区千駄ヶ谷4-9-7
TEL 03-5411-6222（営業）
振替00120-8-767643
印刷・製本所…株式会社　光邦
検印廃止

ISBN978-4-344-84890-0 C0293
Printed in Japan

幻冬舎コミックスホームページ　https://www.gentosha-comics.net